尘世的梦浮桥

苏枕书 著

新经典文化股份有限公司
www.readinglife.com
出 品

目录
content

1	序
3	旅人芭蕉
12	露水的一茶
28	芜村
46	梅坑
51	杉田玄白
58	子规的诗与画
78	啄木之歌
85	岛崎藤村的私小说
96	昔日的歌——梦二
124	观花
140	镜花

153	玄期有限，今将去矣
158	一个很香的东西
164	路女日记
186	小梅日记
209	一叶
236	祇王寺往事
242	蓼花替谁争晚香
246	青木正儿图编之《北京风俗图谱》
257	奥野信太郎与北京
273	后记
277	新版后记
279	参考文献

序

  《源氏物语》一书共五十四帖，除最后一帖《梦浮桥》之外，其余每帖标题都是本章中出现过的词语，唯独"梦浮桥"三字未曾在文中出现。丰子恺译《源氏物语》注云："回名'梦浮桥'三字，在本回文中并未提及，想是将此长篇故事比作梦中浮桥之意。又，本回别名'法师'，乃根据回末薰君的诗。"

  镰仓时代初期的歌人藤原定家为《源氏物语》作注，称"梦浮桥"与一首古歌有关，感慨人生只是梦之浮桥途中发生的种种奇遇而已。《源氏物语》的末章，薰君行到比叡山深处的横川，寻找他念念不忘的女子浮舟。而浮舟已然出家为尼。薰君写了一封深挚悲哀的书信，浮舟看到那熟悉的笔迹，闻到信笺上熏着的浓香，甚觉哀楚。又觉心绪纷乱，终于掩面痛泣。但她并未答复苦苦守候的薰君，故事戛然而止，余音千载未绝。

  林文月亦曾撰文解释过"梦浮桥"：

  "梦字代表了一种脱离现实的境界，现实的人生，在回顾时亦难免有浮生若梦的虚幻感觉。浮字意味着漂浮、浮动的不定感。在日本古典文学里，梦字又常常暗示爱情欲念，故而一夕偷欢多不直接说破,往往用梦字带过。至于'浮'字之音又与'忧'字同为'うき',所以取音义双关之妙,说'浮'正是'忧'。世间男女情爱,既甜蜜又虚幻不可恃,缠绵之中实多忧伤。《源氏物语》的后半段,出场人物自光源氏移向其第二代,众多男女亦如他们的上一代,为甜蜜而多忧的情爱葛藤缠系不已。色即是空。至于文中所不见的'桥'字,乃是过渡人人于此地到彼地的建筑物,也是由此岸至彼岸死生过渡的媒介。"

后来,樋口一叶在日记中写道:且过下去罢,这尘世间的梦之浮桥。梦浮桥由此岸至彼岸,关乎尘世无常的生死。这也是后面要说的故事,那些梦浮桥中漂泊的旅人、逝去的岁月。

是为序。

旅人芭蕉

欲谈松尾芭蕉，自然不可不提"俳谐"。俳谐一词原意"滑稽"，室町末期出现俳谐的连歌，即趣味滑稽的连歌。连歌是日本独特的诗歌体裁，最初是两人联句作和歌的游戏，始于平安末期，全盛于室町时期，与我们古代的联句作诗相类。二人参加为"两吟"，三人参加为"三吟"。第一人作五七五长句一联，为"发句"。第二人作七七短句一联，为"胁句"。第三人仍作五七五。以此类推，以七七句结尾，联成百句。发句必出现季语，是为铁则。此发句即为今日俳句之原始。

连歌往往是创作于静肃氛围中。因连歌素来崇尚纤细华丽之美，用语仅限于《古今和歌集》《后撰和歌集》《拾遗和歌集》。而俳谐连歌则多作于酒筵欢场，与正式连歌有别，故而传世记载较少，有《竹马狂吟集》《俳谐连歌抄》等。以俳谐连歌为母胎，江户初期形成"俳谐"这种新体裁。遂有贞门俳谐、谈林俳谐两大门派。前者提倡俳谐之娱乐性与教养性。后者掌门是大阪天满宫连歌师西山宗因，主张俳谐的滑稽性，用语自由，将谣曲词句化入俳谐，被尊崇古典派的贞门俳谐斥为邪道。在日本，连歌师的地位远高于俳谐师。

因为连歌师都受过和歌创作的修炼与教养，熟谙《源氏物语》《古今和歌集》等古典权威作品。宗因将民间谣曲之文句作成俳谐，无怪世人惊诧。《好色一代男》的作者井原西鹤便是谈林派门人。

而将俳谐从和歌束缚中真正解放出来，使俳谐成为独立文体的，便是后世称为俳圣的松尾芭蕉。

芭蕉生于三重县伊贺国的上野，少年青年时期均在上野度过。父亲松尾与左卫门是地位低微的下级武士。芭蕉是家中第二个男孩，有一位兄长，还有一个姐姐，一个妹妹。十三岁时父亲去世，一家人都由年轻的兄长照顾。

芭蕉少年时在藩内侍大将藤堂新七郎家长子良忠门下担任侍童，也有说法是他在大奥内担任一项地位很低的工作。良忠比芭蕉大两岁，爱好风流，芭蕉因擅长辞藻而受到良忠的宠遇。

良忠师从京都北村季吟学习贞门俳谐，号蝉吟。芭蕉对贞门俳谐耳濡目染，宽文年间芭蕉用的俳号叫作宗房。这是一个很常见的名号，当时叫这个名字的人有很多。芭蕉之句最初被收入宽文四年出版的《佐夜中山集》，是年二十一岁，有两句入集：

月明之夜旅宿焉，绯樱绽放思暮年。

很普通的句子，没有什么特别之处。宽文六年（1666）春，二十五岁的良忠病死。芭蕉决心致仕，这段时间内，他修禅、读书、远行，喜读老庄、李杜。到宽文十二年（1672）三月，廿九岁的芭蕉踏上前往江户的旅途。参考当时的医疗水平与人们的平均寿命，这样的年龄大概相当于今日的四十岁，算是已届中年。

与谢芜村绘《奥之细道图》局部

在江户时代,大名所辖区域内的领民并不能任意离开领土,否则以逃亡论,兄弟连坐。因此芭蕉到江户必有保证人。日本对芭蕉生平研究众多,有"忍者说",谓芭蕉到江户后没有就职于任何藩国,无固定收入,先后又有五次大规模旅行,大抵是他从事忍者之职,四处探秘。

芭蕉究竟是否为忍者今人不可判断,也有老师大笑曰无稽之谈,附会而已。而可以确定的是芭蕉到达江户后,很快在俳坛占有一席之地。芭蕉名号甚多,天和年间用的是"桃青"之号,因为他追慕李白。"李白""桃青"刚好相对——也是诙谐的趣味。

延宝五年(1677)冬,京都有名的俳谐师伊藤信德到江户。翌年春，信德与芭蕉、山口素堂三人作百韵，出版《桃青三百韵》。

延宝八年（1680）正月，芭蕉仿"大哉孔子"，作发句云：

> 啊，春啊春，大哉春也，大哉春。

延宝八年十月，三十七岁的芭蕉突然从繁华的日本桥移居深川。当时深川还是人迹罕至之地。夏目漱石在英国留学时给正冈子规的信中写过：

> 我现在住的地方好比是东京的深川。因住宿费低廉，地段自然不佳，甚为萧条。

明治时期的深川尚且"萧条"，遑论芭蕉所在的年代。芭蕉在到江户的八年间，广交游，多吟句，立门户，是世所公认的俳谐大师，门人为他建立芭蕉庵，可谓顺风顺水。此番移居颇令人费解。留下的句子有：

> 深川冬夜之感
> 橹摇波荡，断肠凄清独泫然。
> 富家食肉，吾啃菜根，困顿也。
> 雪之朝，独食干鲑。

俳句与和歌素来难译，若将俳句直译为汉诗，意思难免差了许多，且很容易溢出原句的意思。那本是吟咏时一唱三叹之句，譬如玩《百人一首》，用悠长抑扬的音调念出长长短短的句子，并非汉诗的工整端正。周作人曾感慨："俳句翻译，百试不能成，虽存其言词，而意境迥殊，念什师嚼饭哺人之言，故终废止也。"他能译出"露水的世，虽然是露水的世，虽然是如此"，尚有此叹，更不用说旁人。丰子恺译《源氏物语》虽然被周作人评为"茶店说书"，但其实也很有可取之处。譬如"夕颜凝露荣光艳，料是伊人驻马来"，"寂寞闲庭春雨久，可曾遥念故乡人"，对于中国读者而言，是很容易接受的翻译。

天和二年（1682），芭蕉居所遭遇大火。有"顿悟犹如火宅之变，而生无所在之心"之句。"犹如火宅"出自《法华经》"三界无安，犹如火宅"。芭蕉素有"旅人"之形象，大抵这场大火也是他走上旅途的原因之一吧。

天和三年（1683）六月二十二日，芭蕉的母亲过世。他十三岁丧父，至此双亲尽失。贞享元年（1684），四十一岁的芭蕉踏上"野曝纪行"之旅。他殁于五十一岁，此间十年，大半都在旅中。天和年间的芭蕉穷困潦倒，这一段时间的作品多受杜甫、庄子影响。

"野曝纪行"从江户出发，沿东海道西行，到达故乡伊贺国，略作停留，又访吉野山。历京都、奈良、名古屋、美浓、尾张等地。在名古屋停留一月，出版《冬之日》。年末再返故乡。经大津、桑名、热田、鸣海。《野曝纪行》中有"寝于马上，残梦月远茶烟起"之句。

贞享二年（1685）四月末，芭蕉回到深川的芭蕉庵。贞享四年（1687）八月中旬，芭蕉踏上第二次长途旅行。自江户经名古屋、伊势、伊贺上野、奈良、吉野、大阪、须磨、明石、京都，所得诗文编成一册《笈中小札》。

> 岁月为百代之过客,逝去之年亦为旅人也。于舟楫上过生涯,或执马辔而终其一生之人,日日生活皆为行旅。

这是《奥之细道》的开篇,也是我很喜爱的一段。元禄二年(1689)三月下旬,芭蕉又在旅途,前往东北与北陆,历时五月余,行程两千四百公里,作成《奥之细道》。

五十一岁的芭蕉最后一次走在途中。元禄七年十月十二日,因病于大阪过世。临终前留下的句子是:

> 病在旅中,魂梦萦回于枯野。

芭蕉一生未婚,无子。晚年追崇俳句"かるみ"之意境。即平和冲淡之美,是为诗坛新风。死后蕉门历经分裂、复兴,后又有与谢芜村并小林一茶继承衣钵。

去年深秋与往嵯峨看山。午后行到岚山,桂川之上流水汤汤,浅渚水草丰沛,芦荻雪白。鹭鸟成群盘旋其上,山中枫叶初染,光影金碧。到西芳寺,也就是所谓苔寺,却见寺门半掩。门口告示云:非书信预约不能入也。有一对从北海道札幌远道而来的夫妇摇头曰遗憾,嗒然而返。我也只有离开,沿着山道去往铃虫寺,忽而想起落柿舍正在附近,便想过去看一看。

落柿舍是蕉门十哲之一向井去来的屋舍。写完《奥之细道》后,芭蕉曾在此停留近一月,作《嵯峨日记》:

京都嵯峨的落柿舍,芭蕉曾三度访此

京都有向井去来别墅，位于下嵯峨竹树丛中。近邻岚山之麓，大堰川之流。此地乃闲寂之境，令人身心怡悦，乐而忘忧。去来性疏懒，窗前荒草离离，不加芟除。数株柿树，枝叶纷披，遮蔽房檐。五月，雨水渗漏，铺席、隔扇霉气充盈，几无寝处。户外，树影森森，殊觉可喜。此一地清阴，乃去来送吾之最佳礼物也。

　　之所以叫落柿舍，是因院中植有柿树若干，到秋天时满枝挂果，丰收在望。向井去来很喜欢，就将这些柿子预定给一位商人。奈何一夜秋风秋雨，柿子尽数落地，十分可惜。于是有了这样的名字。

　　在深林中迤逦而行，终于顺利来到落柿舍前。已过下午五点，草庵柴扉内一位妇人正在阖门。我徘徊其外，她在门内微笑抱歉云："今日开放已结束。"

　　我叹，啊，已经结束了……

　　她望着我，踌躇片刻，最终轻声笑道，只有五分钟，可以么？对不起……

　　我说，可以。

　　庭中果然有柿树，见到了枝梢果实零星，竹筒滴水有声。投句箱依然如旧。有人往投句箱中放新作的俳句。妇人道，嵯峨野的枫叶都红了，真美呀。你看——

　　院中有诗碑，其上云："五月雨脉脉，色纸壁上显斑驳。"

　　天色已晚，山影如墨染。我告辞，门边又有一队游客。妇人循例抱歉道，今日开放已结束。语罢阖门。篱下山茶盛放，坠落无因。

去岁冬月白山茶初开,黄昏散步于山道。见白发老妇垂首观花,默诵默吟,在纸上写着什么。我路过,她似乎很不好意思,拢了拢纸张道:"在写俳句呢……但作得不好。还是山茶花好呀。"

2010 年 10 月 29 日

露水的一茶

1

不记得是什么时候读到周作人译小林一茶俳文集《俺的春天》里的一段：

她遂于六月二十一日与蕣花同谢。母亲抱着死儿的面庞，荷荷的大哭，这也是当然了。虽然明知道到了此刻，逝水不归，落花不再返枝，但无论怎么达观，终于难以断念的，这正是恩爱的羁绊。句云：
露水的世，虽然是露水的世，虽然是如此。

觉得很难过，却不知道为什么，只往窗外看了看，哑哑的不作声，风吹过来，也就放下了。

俳句原本是多人联句，称作连歌。第一句是五、七、五句式的十七音发句，胁句是七、七的十四音，之后轮流往复，结句以七、七音收束。后来有人单将发句整理成集，就成了短诗一样的俳句。

俳句难译，因日文并非如汉文一音节一义一字，往往一个汉字对应多音节。若拘泥于五七五的对译，少不了会多出原句所没有的信息。若译成汉诗格式，七七或五五，又未必准确达意。因此不妨视具体情况而定，译作自由句也可。

2

宝历十三年（1763）五月五日，一茶生于信浓国水内郡柏原村（今长野县上水内郡信浓町字柏原），是小林家的长子，名弥太郎。信浓国在今日长野县，北部地区经年积雪，气候苦寒。雪洞一样的家中常年生火，所有东西都被煤烟熏黑，一茶就出生在这样的环境中。小林家世代务农，家境虽平平，但也算自给自足。但一茶三岁丧母，父亲不擅经营，家业渐渐萧条。幼年的一茶在祖母膝下长大，六岁时有句云：

来与我玩罢，没有亲人的雀呀。

八岁时继母来归，那位妇人据说很能持家，但与一茶相处并不愉快，大约也是他成年后性情孤僻的因由。十岁时，弟弟仙六出生，一茶长子的地位形同虚设。十四岁时，祖母去世，一茶失去依靠，继母待他益发苛酷。不久他感染热病，情势危笃。江户时感染此疫的孩童多半早殇，所幸一茶挨过此劫。"如在暗夜失去灯火，如醉饮至酩酊，如虚舟漂浮。"这是他成年后回忆的童年，又在笔记里说："春天去后，总在田中劳作。昼间终日忙于择菜、割草、喂马。夜里也终宵借了窗下的月光打稻草、做草鞋。更无用功的余暇。"

到十五岁，继母不能容下他，父亲虽怜他幼年失恃，却也无法，毕竟续娶的妻子精明能干，也育有一子，便将一茶送往江户，让他自寻生路。这是安永六年（1777）的春天，从深雪覆盖的北信浓远道而来的少年抵达江户城。当时冬天从信浓去江户做工、春天返回家乡种地的人很多，被江户人讥为"信浓者""椋鸟"。椋鸟是雀形目候鸟，信浓者冬来春去，也如候鸟。乡下人的发音、衣着、贫穷，在江户人看来无不可笑。一茶的诗中有不少咏椋鸟的句子，略举一例："称作椋鸟的人，好冷啊。"

一茶到江户在何处落脚、何处谋生，已不明了。十年后的天明七年（1787），二十五岁的一茶成为芭蕉宗葛饰派二六庵竹阿的门人，号菊明。三年后竹阿去世，师从葛饰派三世的俳句师沟口素丸。宽政、文化年间，将军家齐生活骄奢，世风浮华颓废，蕉风已式微，俳谐失去高雅的诗风，渐渐沦为低俗的调笑。一茶虽学芭蕉，却不是枯淡寂寥的风格。他对人间生活自有一副冷眼热肠，哪一宗都不能束缚他的才华。因此被门人目为异类，不久便脱离师门，改称俳谐寺一茶，游行于世。《宽政三年归乡日记》的开头说：

> 有一自西至东狼狈漂泊、居无定所的狂人。清晨尚在上总国乞食，黄昏投宿武藏野。如白浪不知何处可依，是易消散的泡影，故而名作一茶坊。

二十九岁的春天，一茶回到睽违十五年的家乡，当初瘦骨嶙峋的少年已是自食其力的俳谐师，有句云：

庭前高树别来无恙，晚风夕凉。

此番归乡并未多作勾留，很快返回江户，宽政四年（1792）三月，三十岁的一茶又从江户出发，放浪漂泊，开始为期六年的旅人生涯。过马桥、小金原、新川，履及东海道、近畿、四国、九州，是他一生中重要的俳谐修行。修行原是依照佛法行持实践之意，日人尤爱行脚修行，如俳圣芭蕉一杖一笠游历诸国，是为看山水，看人世，也是为作句，与唐诗所云"荒城无人霜满路，野火烧桥不得度""朝发渭水桥，暮入长安陌"意趣相通。赤贫的一茶在途中看到收割后的稻田，青色的萝卜，小丘之上点缀着松林，川流暗黄的水静静流淌，白帆点点，就觉得很欢喜，很满足，一件一件写在日记里。

他到京都西本愿寺代父亲参拜，在松山赏樱，结识俳人、僧人，与同在旅中行脚修行的人们相识，又歧路挥别。离开江户时他尚是无名俳人，四方交游后略有声名，旅行结束后，关西俳人为他出版句集《惜别之笠》。其时一茶也有佳句。如：

秋之夜，旅中男子做针线。
飞蚊扑火呵，映见妹妹的容颜。
任凭凉风呵，拂过墓前松。

3

享和元年（1801）春间，一茶父亲在庭中为茄苗浇水，突然栽倒,一病不起。一茶二度返乡,在病榻前煎药,驱赶蚊蝇。父亲有一日说要吃梨,因不在季节,一茶四处寻找皆未得,复在榻前落泪。父亲临终遗嘱命一茶与弟弟平分财产。但继母与弟弟并不遵从。父亲还未下葬,一家人便为财产不欢而散。一茶遂去江户,此后十余年仍过着漂泊的生活,读《诗经》,读佛经,有句云:

  雀儿也在梅枝开口念佛呀。

  文化四年(1807)七月,一茶归乡扫墓,继续为家产分割一事烦恼。此后往来江户与柏原之间凡六次,几乎闹到控告的地步,幸有朋友从中斡旋,方勉强解决纷争,双方立下和解证文,一茶分得原属于他的田地与房屋,获得柏原百姓的身份,此时他已五十岁,半生弹指流逝。距离父亲过世也已十二年。

  一茶虽在江户多年,却无法融入这浮世,不能洒脱地做成江户子。他不过仍在写着小儿与农人都能看懂的句子罢了。到文化十一年(1814),五十二岁的一茶在柏原落脚,娶了二十八岁的妻子阿菊。他在俳文《五十婿》中自嘲曰:

  五十年来无一日容易,今春终于娶妻,余亦忘自身之老态,以凡夫之卑俗,如蝴蝶戏初花。渴求幸福而觉羞涩。

  他与菊女感情很好,菊女出身农家,手脚勤快。一茶返乡后与村人几无交际,全靠妻子周旋。

  文化十三年(1816)四月十四日,菊女诞下长子千太郎。当时一茶在长沼,赶回去探望。但小儿二十八日后夭折,大概是相处时间不多之故,一茶在日记中并没有留下任何惋惜之语。七月六日夜,一茶高热发作,在《七番日记》中有:

> 六日时有雨,夜中高热大发。应是多雨之故。八日,午刻骤雨。酉时上刻疟疾发作。戌时愈甚。寅刻方止。

此后十日、十二日、十四日均有疟疾,十六日乃止。疟疾与结核今日仍是全世界严重的传染病,每年约有一百五十万至二百五十万人因此死亡。日本自古便有流行,在《源氏物语》第五帖《若紫》中,开篇就说源氏公子患疟疾,千方百计找人念咒、画符、诵经、祈祷,总不见效。有人告诉他,京都北山某寺中有高明的修道僧,应请他医治。源氏便在天色未明时进山,拜访这位僧人,吞饮了他的符咒,并接受加持祈祷。当日即见好转,僧人担心有妖魔附缠源氏,请他在寺里再祈祷一夜。也正因为此,源氏才在山中遇见了童女紫姬。

是年八月,日记中一连九日记载着"夜三交""夫妇月见,夜三交""夜四交"等闺阁秘语,令人讶异。清人李塨在日记里写"昨夜与老妻敦伦一次",袁枚云此"至今传为笑谈"。

其时一茶亦饱受疝气、疥癣之苦。日记中有:

> 八日晴,木下川花一览,过马桥,足之疥疮肿大,苦痛难耐。

后人推测一茶大约罹患梅毒。因一茶在江户时曾有一段时间居住在离私娼窟吉田町不远的地方,有过"吉田町只需廿四文"之句。

若一茶当真患有梅毒，那么他与菊女的三子一女皆夭亡、菊女亦早逝，似乎也可有解释，不过这些仅是推测而已。

4

一茶前半生作了四处漂泊的天涯孤客，半百之年始有安居之所，俳风日臻融通纯熟之境。文化七年（四十八岁）至文化十五年（五十六岁）间写下的日记为《七番日记》，其中佳句极多。日记中写某日晴，有人送来一尾鲑鱼，极其欢喜。又某日买纸一叠，某日大风吹雪，在家中捣年糕。某日与菊女在山里割芒，拾菌、捡栗子。从日常生活中觅句也是一茶最大的特色，万事万物皆可咏，好似叹息。

周作人译过一茶许多句子，用的是自由体，不拘五七五的格式，他称"俳句是一种十七音的短诗，描写情景，以暗示为主，所以简洁含蓄，意在言外，若经翻译直说，便不免将它主要的特色有所毁损了"。我非常喜欢他的那些翻译，而他还是说，"我们要译这一个奇人的诗，当然是极难而近于不可能的。但为绍介这诗人起见，所以不惜冒了困难与失败，姑且试一回；倘因了原诗的本质的美，能够保存几分趣味，便是我最大的愿望了"。

我翻看一茶的发句集，单《七番日记》便有两千余句。飘雪的深夜在灯下读，遇见许多喜欢的句子，也岑着胆子学译一些：

闲坐廊下，莲花吹散，黄昏茶泡饭。
莲花开矣，茶泡饭八文，荞麦面二十八。

一茶常咏莲花在风中吹散的情景,黄昏凉风轻拂,在廊下一面看莲花,一面吃茶泡饭。

汤锅里撕碎的菊花呵。

凉风鲈鱼,青梅烫酒,菊花火锅,都是秋天的好风味。

何处寻梅,二月雪有二三尺。
牡丹饼呵,地藏膝前的春风。

地藏是释迦灭后至弥勒出现之间自誓现身六道、普救众生的菩萨,如大地一般安忍不动,含藏无量善根。日本的地藏则取怀无限慈悲心、蕴藏养育大地全部生命力之意,通常是守护孩子的神灵。民间信仰还将地藏视作夭折孩童与流产婴儿的守护神。幼儿先于双亲去世,没有孝行功德,无法渡过分隔人间冥界的三途川转世,会被恶鬼永远留在河岸边堆石塔。而地藏菩萨收容这些幼小的亡灵躲在他宽大的衣袍里听经,躲过恶鬼,也为他们聚积功德。在日本如有小儿夭亡,父母往往会供养一尊地藏,让孩儿渡过三途川再世为人。因此道路旁也常见各式地藏石像,面前供奉着鲜花与糕饼。牡丹饼是包裹了红豆馅的糯米糕点,是和果子的名点。春季应节令曰牡丹饼,春分时供奉神佛先祖。秋季则曰"御萩"。《和汉三才图会》曰:"牡丹饼与萩皆以花之形色为名。"一茶与菊女的孩子全部夭折,必也供奉地藏,春来要有牡丹饼。看着是普通的句子,但联系他的遭际,就知道这里面是言之不尽又无可奈何的悲哀。一如曹植哀其十九旬而夭的女儿,"去父母之怀抱,灭微骸于粪土。天长地久,人生几时。先后无觉,从尔有期"。孟郊悼幼子,"负我十年恩,欠尔千行泪"。

　　篱笆上的菜花,草鞋钱呵。
　　门前的雁呵,徒劳啼着,也是没有米。
　　污脏的手呵,在荠菜跟前也不好意思。

　　一茶擅作"贫乏句",他是真的贫穷,也易满足,丝毫看不出愤怒不甘。家徒四壁,有一只蜗牛爬过,也要破坏了墙壁给它游玩。良宽上人因为竹子从座席下长出来,便破坏地板,除去屋瓦,让它自由生长。都是同样的意思。虱子太多,一茶也觉得那是跟自己一起嬉闹的,不觉得寂寞。这也足见他的诙谐和洒脱了。

　　乳儿团团的小拳头,梅花呵。
　　啼哭的小孩子,赤霞一样的脸呵。
　　哭着要摘那月儿下来的小儿呵。

　　他对世上草木虫鸟都这样爱怜,等到有了自己的孩子,就更加爱得深切。

　　晴天的早晨,哔哔剥剥的炭火,很高兴啊。
　　拎着午饭的稻草人啊。

　　稻草人在田里立着,手里拎着的午饭大概是田间农人的罢。一茶苦于生计,也在田地里劳动,却有儿童看待世界的趣味和天真。

> 藏在茶花里的雀儿呀。
> 雀儿在佛像肩上啾啾啼着。
> 小小的猫,玩着柊树枝。

日本春分前一日为"节分",是指区分季节的一天。因传季节更替时有邪祟暗生,故有被除恶鬼的仪式。节分当日黄昏须在家门前立好插有沙丁鱼头的柊树枝,在宅中或寺庙神社内撒黄豆,口称"鬼外福内"。这里小猫玩的正是节分时家门前插着沙丁鱼头的柊树枝子。"柊"也恰是此句季语。

> 愚笨的猫儿呵,虽被束缚,仍啼恋之曲。
> 小猫儿蹭朴树枝呵,赶虱子。

他有很多咏猫的句子。猫来偷食,墙下蟋蟀啼着。阳光之下猫的瞳仁眯成细细的一条。牡丹花下伏着的猫。春天猫叫得很辛苦,夜里听着很吵闹。两只猫在一处厮缠,他挥棒分开。这些都要写到句里。

> 赤马的响鼻,吹动小小的雀。
> 螳螂一足钩住鱼篓呵。
> 日晕呵,边缘恍惚是昼寝的猫。

温暖昏热的阳光晒出一道恍恍的光晕，猫在底下打盹。一茶是不是蹲在地上看猫？不然也看不到"日晕的边缘"。一茶爱咏小动物，苍蝇、虱子都要咏。知堂译过不少："不要打哪，苍蝇搓他的手，搓他的脚呢。""喂，虱子呵，爬罢爬罢，向着春天的去向。""跳蚤们，可不觉得夜长么？岑寂么？""一面哺乳，数着跳蚤的痕迹。""鱼儿们呵，也不知是桶里，门口的纳凉。""春雨来了，剩下的食物，鸭呷呷的叫着。"

读一茶和别人的连句集，往往一眼能认出一茶的句子。譬如他咏立着打眠的公马，柿子花正开。别人都写菖蒲花女郎花，他却能写柿子花，也不认为这是普通到让人忽略的东西。别人写茶瓶里养着花，他写茶瓶边缘停留的夕暮。他写的虽都是安定平俗之物，却能留住"一瞬"的光景，从不断毁灭消失的时间中打开一个缺口，留下一些东西，这就是诗歌最迷人的地方。

5

文政元年（1818）五月，长女聪出生，一茶爱如掌珠。在日记里写她爱玩风车，将障子的纸扯碎，略略笑着。一茶只觉得好。有人来，学汪汪的叫声就指着狗，咔咔叫，就指向鸟儿，一直拍着小手，很开心。但翌年六月，聪女在世仅四百日即殁。一茶有至深的悲哀，乃有文首所录之句。"露水的世，虽然是露水的世，虽然是如此"，原作与译作实在都是极好。至深的悲哀，反复咏叹，最终只是失语。他把众生都看成晨光中消散的露水，都是虚空惘然。一茶吟此句而大哭，日记有云："聪女于此世间仅居四百日耳，殒命哉，今日巳刻

京都僻静的小巷或山道中,
落花或浓荫下,时常有猫的身影

殁。"后来法国作家菲利浦·福雷以一茶的露水之句为题写了一本书，叫作《然而》。他也有一个早夭的女儿。他在女儿墓碑上刻下《彼得潘》开篇的一句："所有的孩子都会长大，除了一个……"

聪女死后三十五日一茶到墓前祭拜，有句云：

> 秋风呵，撕碎的红花。
> 小鹿吃过的萩花啊。
> 如我一般眠去，菊花烂漫。
> 无所事事的人，终日游荡，夜寒啊。

文政三年（1820）十月次子石太郎出生，此月一茶中风，言语有障碍。次年正月，石太郎在母亲的背上窒息死去，生后仅九十六日。一茶作悼文，说前面两个孩子都因业因不得长命，此番是第三次生子，愿此儿健壮如磐石，故唤作石太郎。然而却殒命："想是祝福他如磐石，却应在了化野①的墓碑上面。屡屡蒙灾，何等宿世业因。"文政五年（1822）三月，三子出生，取名金三郎，意思是比"石太郎"的"石"更健壮。但文政六年（1823）二月十九日菊女病倒，四月十二日晨死去，年三十七岁。留下幼儿金三郎，只能寄养在别家，没有乳汁，营养失调，十分瘦弱，一茶获知后极愤怒，写下长文《怜金三郎》痛斥对方。但同年十二月金三郎仍未免夭亡的命运，在世一年零九月。自此一茶失去妻子与四个孩子，又成了孤独的畸零人。

---

① 化野为京都古代的风葬之地。

试译一茶晚年之句：

朝颜花呀，乍经霜露，忽绽放。
蕣花止到花开，卖掉的人啊。

他许多次咏过蕣花，"蕣花呀，插在捉鸟的竿子上"。聪女夭折时亦说"与蕣花同谢"。蕣即木槿，与"朝颜"同音，取其朝开暮落之意。后朝颜多指牵牛花。蕣荣不终朝，蜉蝣岂见夕。他叹息的就是朝暮瞬息的流水浮世。

草堂苔花开，全然不知呀。
麦秋啊，海滨草席，鱼之秋。

文政七年（1824）八月八日，六十三岁的一茶续弦，第二任妻子名阿雪，嫌一茶贫穷衰病，来归两月即离婚。一茶再度中风。六十四岁三度娶妻。文政十年（1827）六月，一茶的草庵失火，屋宇尽毁，财产也被人夺走，气息奄奄。但他还是要住在一间残存的土屋里，并有句云：

焦土窸窸窣窣呀，跳蚤蠢动。

又有句云：

花影中醒来，未来可惧。

到这一年十一月十九日,他终于死去了,终年六十五岁。妻怀有遗腹子,次年(1828)四月诞下一女,名作やた(yata)。这位妻子与幼女一起生活,幸而这个女儿顺利长大,并为小林家招了婿养子,有三男一女。

门人西原文虎在《一茶翁临终记》中云:

> 时乃文政十年卯月,作苔花欲开否之言,知此浮世之终也。值此闰六月一日,急火蔓延,俳谐寺之什物一时化作灰烬。然此乃三界无安之常也。有风时就是风,有雨时就是雨。终于归返最初无庵之境界,自此不必为风露忧心,悠然终老,此日乘鹤西去也。

一茶门人众多,但后世留名者几无一人,能学得"一茶调"者亦无一人。明治年间开始兴起对一茶的研究。到大正年间,白桦派倡导平易的文风,自由诗与童谣广为流行,一茶的俳句再度引起人们的重视,方知一茶是独一无二的。一茶也成为与松尾芭蕉、与谢芜村并立的三大诗人之一。

我喜爱一茶,几百年前生活过的人,留下一些字句,让我看到他的孤独、敏感、放浪、颓靡、困惑,而他对世上万物仍都怀着爱怜的心意。晚年大病时写:"初雪中一宝,乃为夜壶耳。"本是凄惨的情境,他却还要调侃。因此日本史学家津田左右吉说一茶"对世间万物均有一种温情的调侃的爱意,他可算日本唯一的爱的诗人"。

去年四月初,暖日熏风里我从京都去奈良,路过宇治的竹林,大片覆盖到眼前,穿过即是温柔的春山与绿野。坐在车内无聊,看周围人每一瞬的神情,看窗外每一瞬过去的景物。时间像有了新的刻度,我是秩序的构筑者。对面的老妇也是独行,先是打开便当盒小心翼翼吃一枚饭团。包袱皮是洗到发白的旧红色,花纹已经模糊。她先是将帘子拉下来,觉得阳光太耀眼。过一会儿又把帘子放上去,日光照在她精心妆饰的苍老的脸上。漫长的午后,到奈良后走在街上看鹿。正仓院前好大一片草地,八重樱已经开了,花气氤氲,鸟啼得很倦,远远的一两声,好像都在花底睡着。竟悄悄躺在地上,有思无念,什么都捉不住。当晚回京都,突然接到祖父的死讯,当时也只往窗外看了看,月光在檐角流泻,浸湿半幅夜色。白日方见的好花好景,此刻夜露已经起来。就想起一茶那一句来,"虽然是如此",真是很好的句子。

2011 年 2 月 11 日

芜村

1

松尾芭蕉许多名句都是咏叹秋冬风物,如"秋至矣,风到枕畔来","秋深矣,邻家可有人来住","雁声过耳,远赴京都之秋",及至临终前"病在旅中,梦魂萦回于枯野"之绝唱,皆有闲寂之静,枯淡之侘,如枯笔淡墨之绘。元禄七年(1694)芭蕉辞世,蕉门分裂,蕉风式微,俳坛陷入低迷。直到享保(1716–1736)末年,江户俳坛重兴蕉风,倡导俳人"回到芭蕉去",各地遂兴起缅怀芭蕉之风潮,俳人们也纷纷发起中兴俳句的运动。

其中一人便是与谢芜村。

明治三十年,正冈子规在《日本新闻》报连载作品《俳人芜村》。大正十四年(1925),芥川龙之介为《芜村全集》作序,云:

> 首先,我和一般人一样知道芜村的画儿和俳谐是什么。也知道芜村的生涯是什么。但芜村何以成为芜村,走过了怎样的道路,却只不过是模糊想象而已。芜村乃一代天才。当然不是

说仅将天才视为天才是不好的。虽说是一代天才,但芜村亦非一朝一夕成为芜村。我想清楚知道他精进的路途。

一九三六年,诗人萩原朔太郎出版《乡愁的诗人·与谢芜村》,称芜村为春之诗人,因他多有歌咏春景之句存世。埋没百年的芜村,被正冈子规发现、推崇,被芥川龙之介推广,被萩原朔太郎解读,对明治以后的日本诗坛产生很深影响,譬如夏目漱石的俳句就很有芜村的风格。芜村曾独创十数首俳句并数联汉诗而成的连句"俳体诗"《春风马堤曲》。有句云:"古驿两三家,猫儿唤妻妻不来","可怜蒲公英,折下溢乳汁。频频遥念慈母恩,慈母怀抱别是春",是明治新体诗之先声。

享保元年(1716),芜村出生在摄津国东成郡毛马村一户普通人家,即今天大阪市都岛区毛马町。本姓谷口,他出生时家产已经被祖辈荡尽。芜村是他的号,取自陶潜《归去来兮辞》中"田园将芜"之句。

童年时,他常常在淀川的毛马堤上游玩。晚年,他重归故地,在给门人的信中说:"余幼童之时,于春色清和之日,必与友人在此堤岸之上游玩。"他从小就喜爱画画。享保十三年(1728),母亲去世。享保二十年(1735)前后,弱冠之龄的他离开家乡来到京都,又去往江户,在早野巴人门下学习俳谐。

宽保二年(1742),早野巴人殁。廿七岁的芜村寄居下总国,即今日的茨城县,开始了绘画、俳谐的两方精进之道。

他很崇拜松尾芭蕉,安永九年(1780),他曾对门人几董回忆自己年轻时追慕芭蕉之心:"我过去在江户时,曾独自探索芭蕉翁的幽怀，其吐句潇洒，专爱《虚栗》（按，即空壳栗）《冬日》之高迈。然而世人不知其佳兴，其时芜村二十有七岁。"因此踏上芭蕉过去游历过的路线，去东北、关东地区行游。

对于芜村来说，"旅人"并不是需要他用生命去实践的身份。这只是他尝试切近芭蕉的途径，是他的一种人生体验，与修习技艺一样。在旅途中，他也不是芭蕉写《野曝纪行》时的孤绝心境。芭蕉说：

行走荒野，风中的心，栖息的身体呵。

这是随时可以在孤旅荒野中栖身。走在路上，便没有想过能够踏上归程。而芜村不同，他是时时要想着归去来兮的：

买葱归来，穿过枯林返家呵。
花开之暮，我身所寄之京城，归去来兮。

萩原朔太郎将买葱之句发挥出一大段：

穿过枯林、回到郊外家中的人。在那里有煮葱的生活。贫苦、借债、妻子、孩子、小小的租来的屋子。冬季天空下冰冷的墙壁、洋灯、寂寞的人生。但也是一种刻骨铭心的人生。古老、令人怀念、浸染了万物气息的家。燃着赤色火焰的炉边。灶台边忙碌的妻子。等待父亲回来的孩子。然后是，煮着葱的生活！这一句的诗情，是强调这样的人间生活的"愁寂"。人生悲哀且寂寞，同时也令人眷恋并喜爱。芭蕉的俳句里也有"愁寂"，但芜村的诗更是人间生活中直接实感的"愁寂",特别如这句,是其代表性的名句。

芭蕉的句子,写"蚤虱横行,枕畔传来马尿声",这是芭蕉的放浪之旅,马厩亦可度过一夜。芜村却一定要作"无处投宿,灯影中夜雪掩映的人家呵"。如果说芭蕉是要枯寂的修行,那么芜村便是要世情的人间。

因此旅行过程中他一直没有中断与俳人画人的交游,在宝历四年(1754)的春天,三十九岁的芜村去往丹后的与谢,在那里度过了三年学画的时光。丹后国在今日京都的北部,面朝大海,有与谢野、舞鹤、宫津等区域,风景极佳。在送别会上,友人三宅啸山赠他汉诗:

丹阳桂胜地,远别聊微吟。松树为洲回,楼台傍岸深。
大山春雪白,北海暮云阴。江户兼京洛,应分两地心。

两年后,他也回赠啸山一首汉诗:

江山西望洛漫漫,闻边音爱此地难。只有春云似客意,夜来为雨满长安。

在丹后的时日,他过着半隐居的生活,画的是以山水人物为主题的文人画,即南画。他有时也会到寺院中小住,与僧人谈禅。到宝历七年(1757),四十二岁的他从丹后返回京都,将姓氏更改为"与谢"。传说是因为他母亲的出生地即是与谢野,他是想以此纪念母亲。

2

定居京都的与谢芜村进入了绘画的探索阶段,宝历九年(1759),他给自己的住宅取名"三果书堂",自号"三果轩"。又开始学习清代画家沈铨的画风。沈铨字衡之,号南蘋,浙江人。曾随商贾东渡日本。虽然他在我国名气很浅,在日本停留的时间也只有两年左右,但他精致细密、色彩鲜丽的花鸟绘画却给日本画坛带来了很大的影响。

宝历十年(1760),他开始使用"谢长庚"一号,治印"丹青不知老至","四明山人"。此间所绘都是仿中国的文人画,如《松下童子侍主图》《陶渊明听松风图》《武陵桃源图》等,单从画题也可以大致推测他的画风。在《松下童子侍主图》上,他题了一首诗:

童子倚门松柏间,白云时自入庐闲。家翁昨夜前村去,知是围棋尚未还。

完全是"松下问童子,言师采药去"的翻版。

芜村是在宝历十二年(1762)娶妻的,此年他已四十七岁。有关他妻子的姓名、出生地皆不可考。

在日本,芜村常常会被拿来与王维相提并论,他自己也很追慕王维,作得很好的汉文,句子确也有画境。每一句都可入画,作成饶有趣味的水墨小品。如:

(1) 春夜呀,狐狸相邀的童儿。

日本民俗、文学、绘画似乎都对狐狸有着特殊的执着与偏爱,相关的传说、歌咏、描绘相当多。掌管农事、丰收的稻荷神社内也

与谢芜村绘《叡岳眺望图》

供奉着狐狸。在日本,磷火叫作"狐火",传说山野之间浮游成列的磷火是狐狸出嫁时的送亲队伍,忽然降临的大雨是特意提醒人们回避,若有人看见,狐狸会追杀到底。这一节在黑泽明的电影《梦》里便有。俗语中又将太阳雨称作"狐狸嫁女"。传说有太阳雨的时候,就是狐狸在嫁女。葛饰北斋有一幅《狐狸嫁女图》,画的就是狐嫁女时天气突变、农人慌忙收拾作物的场面。太阳雨一词在日本各地都有不同名称,譬如德岛叫"狐雨",山口叫"日和雨",富山叫"天气雨"。阴晴不定的天气则叫"狐日和"。为什么非要将太阳雨同狐狸联系起来,好像也说不清楚,大概又是"很久很久以前"的故事吧。

狐嫁女多在黄昏至夜中,而黄昏是昼夜的临界,正是一个暧昧的中间领域。在日本,黄昏是鬼怪出没的时节。譬如放学后空空如也的楼道、教室,在夕光笼罩之下,忽而陷入寂静,这也是很多故事中认定的灵异事件发生地。

"人物异类,狐则在人物之间;幽明异类,狐则在幽明之间;仙妖异类,狐则在仙妖之间",说起来狐狸正是一种暧昧特殊的存在,《聊斋志异》中也有一则《狐嫁女》。

在京都,每年初春举行的东山花灯路中,就有一项狐狸嫁女。沿路上山都是花灯,灯辉如昼,看灯游人摩肩接踵。狐狸新娘是年轻女子扮演,穿着白无垢,戴狐狸面具,乘洋车,由众人提灯簇拥,自知恩院前到高台寺,一路观者甚众,满坑满谷迤逦追随。行到高台寺旁的天满宫,狐狸新娘会下车祈祷,最后被人扶到高台寺的院中去,游人也不能够继续朝前,惹人许多遐想。

芜村这一句清幽有趣,俳句没有起承转合,凌空而来的一句,意在言外,好像只掀开竹帘的一隙,内间的风景都要读者去揣测、

想象。又如小石入水,余波不绝。他似乎对野外闪烁的狐火也一向很有兴趣,另有句云:

> 狐火与人影皆不见,晚秋寒夜雨。
> 狐火呵,髑髅浸泡在雨水中的夜晚。
> 狐火明灭不已,芒草白穗簌簌。

(2) 纸烛微明,廊下幽映,五月之雨啊。

梅雨天空气潮湿,壁角生苔。室内薄光黯淡,白日亦需点燃纸烛照明。昼间廊下灯火幽微,正是谷崎润一郎在《阴翳礼赞》中极力推崇的日本之美罢。他不喜欢现代灯具的明亮直接,认为灯火要隔着和纸映出方有美感。唐诗中有句"纸窗灯焰照残更",是一样的意思。再说"纸烛",是日本古来的照明用具。昔日宫中常用,以松木一端涂以油脂,点火,周围卷一层和纸。《源氏物语》中也时常出现这件器物,光源氏夜中清谈,与人讨论女人之趣,众人围坐在纸烛前。与夕颜相见的夜里,亦"手持纸烛趋近"。

萩原朔太郎感叹生活在金属环境中的西洋人无法理解这样的日式趣味。曰"日本文学之趣,多少都有氤氲湿气的浸润。一如日本人居所难免不沾染梅雨天的潮气罢"。

芜村句中多咏"灯影"与"烛光",他给门人柳女写信为她修改句子,柳女的原句是:

> 怀念呀,朦胧月夜,春一夜。

橘岷江作浮世绘《狐廼嫁以李》中纳彩、婚礼的场面

他引贾岛的诗：三月正当三十日，风光别我苦吟身。共君今夜不须睡，未到晓钟犹是春。遂将此句改为：

春一夜，窗内濛濛灯影呵。

原句的"朦胧月夜"与"春一夜"有重复之意，芜村将月光隐去，辟出一角，在纸上透出窗内的灯影，令短短的十七音节纵深摇曳。

（3）秋灯呀，奈良幽寂的旧物街。

奈良是古朴寂静的古都，有些陈旧凋敝的况味。秋暮街中薄暗的灯光，照着旅人怅闷的路途。

（4）烛台火光里失去颜色的黄菊花呀。

烛火是温暖的黄色，照见黄色的菊花，就会不辨其本色，看起来像白菊。这种细微几乎不值一提的趣味，是他作为画家对颜色的敏感。

（5）烛火曳曳，春之夕。

（6）焚火节呀，白霜清美，京都之城。

京都十一月起诸神社皆有在神前点燃庭火的仪式。火影幢幢，白霜初覆，我曾见右京区广隆寺的圣德太子御火焚祭，白烟，赤焰，青空，红叶。这也是芜村曾经见过的京都。

（7）高阁凭栏，灯影相映的嫩叶啊。

（8）河豚汤的食肆啊，门前红灯影孤另。

美味的河豚汤香气勾人，贫穷的他却不能进去大快朵颐，就只有看看食肆外面挑着的灯笼。

（9）秋风起，酒肆中咏诗的渔樵人啊。

不知为何会想到这句诗：采菱声散横塘暮，多病词人莫倚楼。

（10）折枝山茶，散在昨天的雨中。

"昨天"一词加深时间感。

（11）折下的蕨菜，何时凋零迟暮。

（12）江中新获，竹筐内红肚皮的鱼呀。

这一句画面感极强，鱼要在"竹筐"内，而且是"红肚皮"，令人想起竹内栖凤画过的鱼筐。

（13）夏夜苦短，芦苇丛中的流水，小蟹吐出的泡泡。

此句很清凉，流水在芦苇丛中潺潺有声，他想到的是小小的蟹吐着泡泡。

（14）夏日青山呀，京洛满城飞白鹭。

芜村定居京都后，长住在东山脚下。这一句里的青山应该正是东山。东山有银阁寺、法然院、大丰神社、南禅寺，风物清幽。我日常很爱在此散步，但还未曾见过"满城飞白鹭"。

（15）夕风呀，水上青鹭的长腿。

曾在春日的黄昏在白川之畔见过水里一只苍鹭，抖一抖翅膀上很长的羽毛，一足提起，一足涉水。水上落樱缤纷，它逆流漫步，柳丝拂过水面，两岸灯影流光。它缓缓飞起来的时候，天色已全部暗下来，它就消失在苍蓝的夜色里。读到这句的时候，自然想到了当日看见的这一幕，如果可以请芜村为此作一幅小画儿就更好了。他确实也爱画风，很喜欢那幅《若竹图》，满纸风色，竹梢款摆，只是寥寥几笔，笔下分明也带着风。他与南画名家池大雅竞作《十便十宜帖》，有一幅《宜风》，笔致疏狂，流水深林都在风里。他还有一句：

"麦浪无声呵，熏风到枕边。"

大英博物馆藏
西山芳年《狐嫁图》

（16）水鸟翩飞呀，舟畔洗菜的女子。

与松尾芭蕉有交往的俳人池西言水写过一句：洗芋头的女子啊，月亮也落下来。

这是用久米仙人的典故，周作人记录过一个故事："久米仙人者和州上郡人，入深山学仙方，食松叶，服薜荔。一日腾空飞过古里，会妇人以足踏浣衣，其胫甚白，忽生染心，即时坠落。"他译过武者小路实笃的《久米仙人》，收在《现代日本小说集》里。

水边清洗芋头的女子，露出白净的小腿与手腕，月亮几乎也要和久米仙人一样坠落凡间。说是形容女子的美丽，更是一种天然的风趣，像竹枝词里的春江春水，这样美，月亮也会动心。

（17）蚊虫嘤嘤，时有忍冬花瓣散落。

（18）灯油冻结啊，一旁觊觎的鼠。

（19）柳叶凋落，清水干涸，石头处处。

芜村很喜爱《赤壁赋》里"山高月小，水落石出"的意境，这一句应是异曲同工。

（20）唱着采莼歌，彦根的贫儿啊。

彦根是琵琶湖畔的城市，唱着采莼歌的人也应是从琵琶湖上而来罢。琵琶湖在滋贺县境内，是日本内陆最大的淡水湖，容养了滋贺这一片肥沃的土地，也为京都提供着水源。森本哲郎在《诗人与谢芜村的世界》里提到这首和歌，将"采莼歌"与"采莲曲"相比较，"莼"是春夏时节的季语，在日本传统文学的语境里并没有"莼鲈之思"。因此这采莼歌也只是贫儿单纯的咏叹了。

（21）炭灰埋火，消尽冬夜几宵，春将近。

日本从前室内常置火钵，是寒冬时节不可缺的家具，也可以烤橘子、烤红薯。如今已被油汀、取暖器等代替，不见此风景。

3

安永六年（1777），芜村六十二岁，俳名、画名皆盛，依然穷窘潦倒。此年曾作书向门人借钱。这在芜村也是常事。大约文人画家们都不善经营生计，只能卖文鬻画，得了一点钱又很快花光。不唯借钱，芜村在门人那里什么都借。譬如在信里写野鸭味道鲜美，难以忘怀。譬如言贵地靠海，产鱼，想要很多鱼，此外还要美酒一樽。又譬如芜村曾向门人大鲁致函索要鞣质足袋，一双不够，自己和女儿都要。芜村四十七岁娶妻，方得一女久野，可想而知该是如何宠爱。不知道他借走的这些钱物最终有没有返还。

读芜村所遗书简，时常且笑且叹，"去年要来的那只野鸭实在美味，至今都难以忘怀。真想再要一只。"不过芜村的贫穷与芭蕉的贫穷又有区别。芭蕉如行脚僧一般可以忍耐孤独，"乾坤无住同行二人"（《笈中小札》）。芜村则是热闹的。安永五年十二月，芜村的独女久野出嫁，家中有三十多位客人来庆祝。饮酒作歌，召艺妓舞妓到宅中设宴至天明。他回忆起那弹筝的女子"京师无双的妙手"，又想起舞姬们的姿容，颇为陶醉。可见他不是真正的贫穷，不过是太能花费罢了。今年春天离开北京前，我忍不住到茶店买了春茶，一下午都沉迷在醺醺然的茶烟里。明明穷极了，却要买茶。"这个要，啊，还有那个，也要！"千元一斤的茶只买得起一二两，闻一闻香气就觉得是无以复加的满足。想到"朝回日日典春衣，每日江头尽醉归"，觉得这也是可以原谅的行为。

芭蕉的人生与文字相通，是为一道。芜村却是将俳谐与生活分开两途。日常之颓废，作句之丰饶，一边是荆棘世界，一边是灯影幽明、春日迟迟。诗人最怕被日常生活消磨。芭蕉半生行在旅中，对浮世毫无羁绊。芜村在俳句上虽倡导"离俗论"（明和五年，1768），他却未有一杖一笠作旅人，而是真正在"俗"中，作句卖画为生。

有一日，门人问芜村何为俳谐的本质。芜村答："俳谐最重者即是用俗语而离俗，离俗而用俗，此中以离俗之法为最。"

门人继续问："可有离俗之捷径乎？"

芜村答："有。即用诗之语言。"又引《芥子园画谱》中"去俗"一条来说明：笔墨间宁有稚气毋有滞气，宁有霸气毋有市气，滞则不生，市则多俗，俗尤不可侵染，去俗无他法，多读书则书卷气上升，市俗之气下降矣，学者其慎旃哉。

芭蕉有句云："此道人迹罕至，秋之暮也。"芜村亦有句："若出门，我与行人同在暮秋中。"这大约是芜村与芭蕉最大的不同。芜村一生对芭蕉仰慕追随，"回到芭蕉去"，而终于，他走的道路还是自己的道路。"为了成为芜村而生的芜村"。

芜村晚年一直与夫人住在京都，他在京都北部的金福寺召集俳人举行俳句会。金福寺属于临济宗南禅寺派，在诗仙堂附近。庭园东侧有一间很小的草庵，是仿利休茶室而筑。松尾芭蕉到京都旅行时曾在此短暂居留，因此这里又叫作芭蕉庵。芜村仰慕芭蕉，便将金福寺当成复兴蕉风的中心，这里也曾举办过授课形式的俳会，按照今天的说法，也许可以叫作"芭蕉俳句教室"。

天明三年（1783）三月，芜村一家人到嵯峨看花，夫人做了饭

初夏的芭蕉庵

团与简单的便当。这年秋冬时分,芜村病势渐沉,食欲萎靡,心口痛楚,腹泻不止。女儿也从夫家赶回,日夜侍奉在病榻前。到这年旧历十二月廿四日(1784年1月16日)深夜,他病状渐转平稳,言语也清明。忽而对门人月溪说,有病中吟,且将纸笔拿来。月溪慌忙呈上。他一气作了几句,最后一首是:

白梅啊,长夜将明,生涯尽矣。

次日凌晨,六十八岁的与谢芜村果然就此长眠。
芜村殁后葬在金福寺内的小山丘上,可以与不远处的芭蕉庵两两相对。芜村因敬慕芭蕉,曾作《奥之细道绘卷》,那是他晚年绘画风格大成期的作品,笔意潇洒圆润,简洁灵动,满篇行云流水。金福寺本堂内有芭蕉并芜村两尊木像。芭蕉戴笠执杖,为《奥之细道》中的形象。寺内亦藏有芜村代表作《夜色楼台图》,画的是京都市街。夜雪纷纷,背景是苍茫的东山。

  过去,我曾有很长一段时间就住在东山脚下银阁寺畔。秋来至一乘寺、金福寺赏红叶为寻常事。偶尔会想,这或许是芜村曾经咏过的红叶,颇值得发思古之幽情。去年冬天,大雪过后,独往洛北金福寺探访芜村之墓。洛北是京都极安静的区域,寺院很多,人迹稀朗。金福寺就在一片山坡上,很小的门,庭园幽曲,当时还覆着厚厚的残雪。院内很多地方都挂着句牌,有些是芭蕉的,有些是芜村的。守园的老爷爷不在窗前,要在廊下轻叩一柄竹槌,他才姗姗而至。在芭蕉庵前坐了很久,而后顺着指示牌到山中访墓。芜村的墓碑很容易找,门人月溪就葬在他旁边,石碑稍稍小一点,他们大概都不会感觉孤寂。

2011 年 7 月 18 日

金福寺内芭蕉庵

金福寺芜村墓旁说明及随季节更换的芜村俳句

梅坑

上田秋成在国内的名气似乎得益于一部《雨月物语》。其中最为人熟知的是《菊花之约》，脱胎于范巨卿鸡黍生死交之故事，讲赤穴和丈部二人情谊深厚，相约于某月某日共赏菊花。赤穴在应约当日被领主困禁在城内，无法成行。为成全许诺，遂剖腹自杀，魂魄千里赴约，一如尾生抱柱信。

享和元年（1801）九月，上田秋成于摄津国西成郡加岛村之加岛稻荷神社内敬奉和歌集一部。是年秋成六十八岁。此集即后来的《献神和歌帖》。秋成幼年孱弱多病，养父在此神社内祈求神灵赐予秋成六十八岁之寿，因此活到六十八岁的秋成在此还愿谢神。和歌集中有一段：

> 余稚龄罹患恶痘，医云无生路矣。先考不堪悲泣，走此神祠，以丹诚乞助命，还家倏然出九死。而经旬日乃愈。因是诣拜数十载。寿六十八，全赖神之御灵矣。

溯及元文三年（1738），五岁的秋成患痘疮。医曰无治，养父上田茂助深夜步行十余里至此神社祈祷。秋成生于享保十九年（1734），是妓院私生子，并不知其父为谁。据说四岁时母亲不幸过世，被纸油商岛屋的上田茂助收养。江户时代的日本人无论上下贵贱，最可怕的病症莫过痘疮，这是江户时代排在首位的夺命疫病。据飞驒国某寺庙记载，其时患痘疮者近七成为幼儿。秋成同时代将军德川家齐有子女五十五人，凡长大者均患痘疮，其中有二人因此而死。小林一茶的长女亦殁于此疾。医家香月牛山著《小儿必要养育草》（元禄十六年，1703）载："痘色转赤为好也。"因有在痘疮周围涂抹赤色之俗。

秋成虽逃过一死，却留下右手手指短小之残疾。晚年所著《胆大小心录》中有"无力执笔"之句。有推测云秋成身体之残疾很大程度影响其文学创作。京都西福寺藏陶工高桥道八造秋成像，双目圆睁，圆头圆脑。

宽政二年（1790）十二月十六日，秋成给京都的友人画家松村月溪写信，曰：

> 病夫春来手腕痛楚，至夏略有好转。而突患目疾，至晚夏左目失明，读书写字遂成废人也。由此书信往来甚为辛苦。总之无非久疏音信而已。

又有"岁五十七顿失左明"句。

江户时代日本眼疾甚为普遍，盲人众多，各大眼科亦流派纷呈，竞争激烈。当时常见眼疾除却白内障，有淋菌性脓漏眼，夜盲症，结膜炎，眼睑缘炎，麦粒肿等。多半与营养失调与生活条件恶劣有关。此外痘疮麻疹后遗症导致眼盲亦属不在少数。

其时秋成正与伊势松坂的日本复古国学家本居宣长激辩学术。宣长长子春庭此时亦患眼疾，宽政三年到尾张国海东郡当时最负盛名的眼科医生处治疗眼疾。宽政六年亦失明，遂习针灸、精进国学，著书立说。这位眼科医生后来亦为秋成看过病，亦属奇缘。

宝历十年（1760），阿玉嫁给秋成。第二年秋成养父病逝，秋成继承岛屋。开始学习和歌。三十三岁凭《诸道听耳世间猿》《世间妾形气》等闻名。明和八年（1771），一场大火令秋成家财尽失。永安五年（1776），出版代表作《雨月物语》，被誉为日本怪谈小说顶峰之作。遭遇火灾之后的秋成选择从医谋生，学成后回到大阪行医。

秋成狷介暴躁，多年来妻子一直默默侍奉。宽政元年（1789），阿玉之母与秋成养母双双辞世，秋成归咎自责，认为自己十分不孝。夫妇二人均受重创，阿玉落发、发愿心，法号"瑚琏"。宽政九年（1797）十二月十五日，阿玉突然去世，享年五十八岁，是年秋成六十四岁。后于《夏野之露》中写道：

> 妻廿一岁来归。去年冬以五十八岁之龄先我而去，乃因常年多病之故也。

而今辞世，秋成极为悲恸。文中有曰：

> 妻已化作野地孤烟。
> 何以在此悲辛年月弃我而去。
> 老来畸零，起卧俱伤悲。
> 起卧独自一人，常有幻觉，思念彼人在眼前，无限悲伤。

妻子死后，秋成难耐寂寥，几欲自尽，徘徊于大阪、河内一带。宽政十年（1798）春，悲剧再来，秋成右眼亦失明，陷入全盲，只能依靠老婢与养女维持日常生活。此种绝望于《麻知文》中曰：

如此四月廿日，另一边光明亦失，无比悲哀。
悲辛忧愁，不知今日之后的年月，如何居留世上。

秋成在大阪寻访名医治疗右眼，不想左眼却意外复明，狂喜曰：

岁五十七顿失左明，六十五又及右眼，侥幸逢神医，得左明。

治好他左眼的是眼科名医谷川良顺（名清茂），秋成在给谷川家兄弟的信里盛赞他们是"神医"，万般感谢。复明的秋成在《山雾记》中描摹夏季夜空月洒清辉，极尽喜悦之情。后来，秋成开始使用眼镜。当时眼镜相当昂贵，同时代的泷泽马琴晚年罹患与秋成相同的眼病，亦配眼镜。

晚年丧妻的秋成甚为凄凉。与人通信中有如下字句可寻：

病中足痛，不堪远行。
老衰已极，记忆浑无。
芋头数块，辱受纳，春宴珍味可致。
海苔并干萝卜皆为好物也。

丧妻之痛与眼疾折磨，秋成求死之心益重。爱妻阿玉葬在京都南禅寺内的西福寺，即今之南禅寺草川町，我曾数番路过。享和二年（1802）春，六十九岁的秋成于西福寺内红梅树下自作坟茔及棺木，在《藤篓册子》中，他这样写道：

  仆已不才且不幸，泊然三十年，龄将七旬。心力形骸渐衰，死后无一人之有瘗骨者矣。是以卜寿藏于南禅山中西福清舍之红梅树下，且作棺以托寺僧，优游俟天命已。于是二三名家，以老友之故悉斯文。呜呼，不亦幸哉。

文化五年（1808）三月，秋成写完《春雨物语》全十编。十月二十八日，与友人通信中写：

  老夫，去春来，因疝肿苦恼十分，疏于问候。

翌文化六年（1809）六月廿七日，秋成在友人羽仓信美宅中过世，享年七十六岁。如愿葬于七年前于西福寺自作之红梅树下坟茔中，法名是自拟的"三余斋无肠居士"，据说棺盖上写的是七年前就准备好的和歌：若于长夜闻此室，世间应住秋之翁。

今年是上田秋成去世两百年纪念，京都国立博物馆有专题展览，见到高桥道八所作秋成陶制坐像。两百年似乎并不太远，西福寺的红梅至今犹自岁岁开落。

2010 年 10 月 31 日

杉田玄白

在明治维新之前，日本文化之成长，有两个阶段明显受到外国影响。其一是千百年来大陆文明的耳濡目染，其二则是西洋文化带来的刺激。十六世纪四十年代以前，日本直接交往的国家只有中国与朝鲜。天文十二年（1543），一艘开往中国宁波的葡萄牙船因暴风雨漂流到日本九州的种子岛。其后数年，天文十八年（1549）八月十五日，方济各·沙勿略在一位日本友人的引介下，与两位耶稣会士经马六甲海峡，抵达日本的鹿儿岛，成为第一位踏上日本国土的天主教传教士。当时，日人称葡萄牙、西班牙、意大利等国为"南蛮"，因诸国商船均自好望角、菲律宾群岛从靠近九州的南部海面驶近日本。天主教徒被称作"吉利支丹"，即葡萄牙语"Cristão"（英文 Christian）的日文音译。德川纲吉任将军后，因避讳"吉"，而将"吉利支丹"写作"切支丹"。

自天文二十年（1551）始，日本各地建起天主教教堂，日人呼曰"南蛮寺"或"南蛮堂"。取代了足利氏政权的织田信长为打压足利氏信奉的天台宗、一向宗等佛教派系，对耶稣会士抛去橄榄枝，允许他们传教，并批准他们在京都建筑教堂的用地。于是，永禄十二年（1569），京都四条坊门一带建成了天主教堂，初名永禄寺。而以年号为寺号，过去仅限于天皇家发愿建立的佛教寺院，这引起了叡山各寺的强烈抗议，信长遂改称此为"南蛮寺"。南蛮寺还在近江伊吹山开辟药草园，据说从海外引进草药三千种，并开始行医传教。在《南蛮寺兴废记》（1868）中有这样的记载：

>……（耶稣会士）归南蛮寺，归又重进言信长曰，天帝宗乃为救普天下病难贫苦，传授起卧平安之法，为成就现安后乐之愿望。乞赐药园，以植药种，愿备其成。信长许诺，命选山城近国内之地，乃愿得江州伊吹山。登此山，开辟四方五十町，以为药园。自本国取来三千种草药之苗种，植于伊吹山……遣人向洛中洛外，或至山野小佛堂、桥下等地寻觅，将非人、乞丐等大病、难病者带回，令其沐浴、清洁五体、给予衣物，令其温暖并得疗养。昨日尚乞食，今日则着唐织衣物，病也自然多见好转。如癞疮等难治的病症，即施以南蛮流外科，经数月即痊愈。全如佛菩萨现今世，救世济度，声望极盛，近江等国，处处风闻。因此诸国患大病难病、贫贱不能自给者，或药石无医者，不论贵贱，皆群集于南蛮寺。

传教士尽量尊重日本的传统文化及生活习惯，着僧衣传教，并在各地开设医院，是为西洋医在日本之发端。后至德川时代数次颁布禁教令，乃有元和八年（1622）的"大殉教"，被杀传教士与信徒共五十五名，又及江户初期规模最大的民间动乱岛原之乱（宽永十四年至十五年，1637-1638）。之后则是德川幕府锁国时代的开端，幕府禁止英国与葡萄牙船只来航，允许对日贸易的欧洲国家仅余荷兰一国。

宗教活动虽被禁绝，"南蛮流外科"依然有所存留。宽永七年（1630）以来，长崎引进的汉籍中凡与天主教有关者一例禁止。到享保五年（1720），德川八代将军吉宗因财政需求，颁布《禁书之制》，放宽先前的禁令。渐渐地，教义以外与医学、天文、地理、测绘、航海、历学等相关天主教系的汉籍大量流入日本。幕府又命医官野吕元丈并儒官青木昆阳学习荷兰语，翻译荷兰书籍。这二位后来成为日本兰学研究之祖，兰学由此滥觞。日本第一部西医译作《解体新书》即由二位的弟子前野良泽并其余诸人共同翻译而成。所据原本是德国解剖学家库鲁姆斯的解剖学著作《解剖学图谱》的荷兰语译本。前野良泽是丰前国中津藩的藩医，曾于一七六九年至长崎学习兰学，其间得到荷兰语本《解剖学图谱》，回江户后与友人杉田玄白、中川淳庵、桂川甫周等人一起着手翻译。

杉田玄白是闻名后世的兰学医，享保十八年（1733）九月十三日生于江户若狭小浜藩主酒井侯邸内，父亲是藩医杉田玄甫，母亲在生育他时死于难产。玄白循父业，有志从医，十六七岁时正式拜于西洋外科医西玄哲门下，又师从宫濑龙门学习经史，弱冠之龄即任小浜藩医。

宝历四年（1754）春，玄白听说京都的汉医山胁东洋成功解剖人体之例，极为震撼，这是日本最初得到公开许可的人体解剖。山胁东洋为江户中期的古方派医家，亦受西洋医之影响，根据此番解剖而著日本解剖学肇始之作《藏志》（1759年出版）。又及我国，解剖一词虽早见于《灵枢经》，但传统尊奉"身者非其私有也，严亲

波士顿美术馆藏《南蛮屏风》(局部)

之遗躬也",历朝刑律均严令残害尸首。清时有一位医师王清任,认为"治病不明脏腑,何异于盲人夜行",常在乱葬岗与死刑场观察人体内部结构,著成《医林改错》,可谓苦心孤诣。一九一三年十一月江苏医学专门学校方有第一例公开解剖式,可见我国于解剖学方面的发展确要比日本晚许多。

十余年后,明和八年(1771)三月三日夜,杉田玄白收到书信,曰小塚原次日有死刑犯之尸体解剖。杉田玄白、前野良泽、中川淳庵等人清晨即起,前往小塚原,即所谓"观脏"。诸人对比汉方医书与兰方医书,譬如《医经》所载"肺六叶两耳,肝左三叶右三叶",而人体实为肺右三叶左二叶,肝右大左小。汉方医书误差甚多,兰方医书竟分毫不差。众人十分惊叹。

次日玄白与诸友聚集于前野良泽家中,决计翻译《解体新书》。这一年杉田玄白三十九岁,前野良泽四十九岁。三年半过后,《解体新书》四卷译成。

玄白在五十五岁到七十三岁之间,著有日记《鹩斋日录》,每日不辍。内容关于饮食起居,岁时物候,每一日篇幅都很短,多半是记录当日出诊行医之事,也记录家人的生老病死。间有短文、汉诗、和歌、狂歌、俳句等。譬如"霜叶随篱满,寒花映水深","人间长阅尽,渐与世情违"。又如"老骥伏枥,志在千里。烈士暮年,壮心不止。每对唾壶,感叹频抚"。日人更喜欢提起他的俳句,说他"有趣味"、"修养深厚",后世论及玄白的日常生活多有涉笔。不过该日录并不如《兰学事始》著名,一九四四年曾有整理本面世,生活社出版收入《杉田玄白全集》,但不久出版社毁于战火,库存图书也化为灰烬,市面很少能见到这一版。后来在芳贺彻编辑的《杉田玄白·平贺源内·司马江汉》（中央公论社，1971年）中收有《鷧斋日录》，一九八一年青史社出版的"兰学资料丛书"第六辑中也有收录。

文化十四年（1817），八十五岁高龄的杉田玄白挥笔写下"医事不如自然"六字。同时代的荷兰医学家布尔哈夫晚年演讲中也有过类似的话："观察自然之命令，效仿自然之实例，服从自然。虽为医师，值得成为职业最高荣誉的亦无非是这一条唯一不变的原则。"是年四月十七日，杉田玄白辞世，葬于江户荣闲院。菊池宽有一篇小说《兰学事始》，写杉田玄白与前野良泽辛苦翻译《解体新书》之事，多参考杉田玄白原作《兰学事始》。

此书为玄白八十三岁时创作，不过原稿写完后很长一段时间都空置于杉田家。安政二年（1855）毁于江户大地震之火灾，医友门生皆无眷本，殊为遗憾。

然而庆应二年（1866），神田孝平（1830－1898）在东京本乡一带散步，路过汤岛圣堂背面的路边小摊，竟邂逅了《兰学事始》的写本，而且是杉田玄白赠予门人大槻玄泽的亲笔之作。神田孝平是幕府末期明治初年的思想家、政治家，首度将economics译为"经济学"的便是他。神田极为雀跃，告知学友同辈，很快抄成《兰学事始》数册。兰学家箕作秋坪亦得一册。他开办三叉学舍，同福泽谕吉的庆应义塾并称洋学塾双璧。因与福泽谕吉私交甚厚，遂将此书持与其共阅，福泽谕吉叹为"我辈学者社会之宝书"。

维新后的明治元年（1868），福泽谕吉拜访小川町的杉田廉卿（玄白的第四代孙），游说出版《兰学事始》。翌年（明治二年正月）此书上下二卷出版，不过当时影响并不大。明治二十三年（1890），全日本医学会召开之际，终于又再版。福泽谕吉作序，云"今日日本之进步并非偶然，百数十年前，已有西洋文明的胚胎"。"书中纪事字字皆辛苦……'如乘无舵之舟泛于大洋，茫茫无可倚托，但觉茫然云云'以下一节，我辈读之察先人之苦心，惊其刚勇，感其诚挚，未尝不感极而泣。迂老与故箕作秋坪氏交最深。当时得其抄本，两人对坐，反复读之，至此一节，每感叹呜咽无言而终以为常"（周作人译）。

《兰学事始》版本众多，有福泽本、村冈本、小石本、佐藤本、内山本、幸田本等等。后医学家绪方富雄尝试复原原作，作岩波文库改订本。我有一册昭和三十四年（1959）的版本，很薄，一百余页而已。序中称玄白为"黎明前之先驱者"，颇为悲壮。

日本有关杉田玄白的研究一直不衰，无论是医学还是史学方面都有可论之处。此外，太宰治的《惜别》中曾写鲁迅"想成为中国的杉田玄白"。忧国忧世是杉田玄白的抱负，大概正因为如此，太宰治才会将他与鲁迅比较吧。

2010 年 11 月 22 日

子规的诗与画

明治三十一年（1898）七月十三日，正冈子规在给河东铨（门人河东碧梧桐之兄）的信中自作墓志铭曰：

> 正冈常规，又名处之助，升，秭归，獭祭书屋主人，竹里人。生于伊予松山，居于东京根岸。父隼太，卒于松山藩御马回加番。由母大原氏抚养成人。日本新闻社员。明治三十□年□月□日殁，享年三十□。月薪四十元。

明治四年五月，日本颁布新货条例，打造新货币。一日元等于一点五克金，等于一百钱。明治二十年，十公斤白米计四十六钱。如此算来明治时期的一元相当于现在的一万日元，一钱相当于现在的一百日元。如此看来，月薪四十元委实不薄。

明治三十五年（1902）子规病逝，这段墓志铭当时并没有刻下来，而是到昭和九年（1934）子规三十三年忌，勒石立碑于东京大龙寺中的新坟前。

正冈子规生于庆应三年（1867）九月十七日，名常规，幼名处之助。他是家中长子,父亲是松山藩的下级武士,母亲是儒者大原观山的长女。是年德川庆喜大政奉还,幕府统治自此终结。明治天皇登基,次年为明治元年。子规三岁时,家中遭遇火灾,六岁丧父,由外祖父与舅父(大原观山第三子,加藤恒忠,曾在法国使馆任职)共同抚养。在外祖父的私塾中修习汉学。明治八年(1875),子规九岁,外祖父过世。如今可见子规最早的汉诗是明治十一年所作绝句:

闻子规
一声孤月下,啼血不堪闻。半夜空敧枕,故乡万里云。

如果子规略生早一些,譬如在与谢芜村的年代,或许也会成为外祖父这样的儒者,而新时代的浪潮已波及伊予国的松山藩。中学时代的子规受到自由民权运动宣传的影响,热心探讨政治。后来子规回忆曰:

其时我将学校课程全部抛于脑后,乘夜在寺院学校租借的处所与学友十人共同探讨"自由权利""参政权利",实在有无上的快乐。

不久东京舅父来信说:"河流非鲸鲵所泳,枳棘非鸾凤所栖,海南非英雄所留,愿早日离开此地,前往东京。"于是,明治十六年(1883)五月,十七岁的子规自松山中学退学,踏上去往东京的求学路途,并作诗云:

松山中学只虚名，地少良师从孰听。言倒何须讲章句，染人不敢若丹青。

唤牛呼马世应毁，今是昨非吾独醒。忽悟天真存万象，起披蛛网救蜻蜓。

明治十七年（1884）七月，十八岁的子规通过东京大学预备科（相当于现在的高中）入学考试，同级生当中有夏目漱石、南方熊楠等人。

明治十八年（1885）夏，上京后第一次归乡省亲，途中游历京都与严岛，与后来的海军名将秋山真之交往甚厚。

明治二十一年（1888）夏，子规与友人暂居东京郊外向岛须崎村长命寺内一间名为月香楼的樱饼屋。其时正在创作《七草集》，以秋之七草为名，《兰之卷》为汉文集，《萩之卷》为汉诗集，《女郎花卷》为和歌集，《芒之卷》为俳句集，《薜之卷》为谣曲集，《葛之卷》为文艺论文，《瞿麦之卷》为传统小说卷。譬如《兰之卷》中有：

有风远而微，渐来吹庭树。

《芒之卷》中有俳句三十余句，如：

朝颜花，日影深处独一朵。

在门人河东碧梧桐的《子规小谈》中有这样一段：

写《七草集》时,子规与这间樱饼屋的小姐大约有过一些美好的往事。这也是过了四五年才听说的。子规一生几乎从未有过任何恋爱史……那时候我们三人住在长命寺内这间樱饼屋。那位叫阿陆的小姐与母亲住在一起……

不过在好友大谷是空那里,这件事却被认定为子虚乌有的流言:

(子规)君为人正直,当时正在创作《七草集》而已。

明治二十二年(1889)一月,子规与夏目漱石初相识,为漱石《木屑录》作评有句云:"余知吾兄久矣,而与吾兄交者,则始于今年一月也。"同年五月二十五日,漱石作《七草集》之摘录,云:"拙作数首附记,供浏览。仆固不解诗故,所作粗笨生硬可笑,然无盐与西施坐,则美益美,而丑愈丑。仆岂谓敢效颦,亦欲为西施美耳。"这段没有文题的短小评论后来被收入《漱石全集》,标为《七草集评》。在漱石九首汉诗中,最后一首颇引人联想,云:

长命寺中鬻饼家,当垆少女美如花。芳姿一段可怜处,别后思君红泪加。

漱石与子规多年挚交,留下许多往来书信,为明治文坛佳话。《七草集》我没有读,不知从漱石这句"当垆少女美如花"中是否可以推测子规"少年情事老来悲"的情怀。

明治二十二年五月九日,子规突然咳血,其后咳血一周余,有诗云：

> 系将生命细如丝，啼血三旬号子规。不敢红尘衣带浣，犹期青史姓名垂。
>
> 廿年人事几甘苦，五尺病躯多盛衰。遮莫东风又心碎，且陪诸友共倾卮。

自此始用"子规"之名。这一年，子规读到陆羯南（1857 – 1907）创刊不久的报纸《日本》。

明治二十三年（1890），子规考入东京大学哲学科。他爱好运动。"野球"（棒球）一词即是他翻译定名。是年秋，初读幸田露伴《风流佛》，极为倾心。不过后来创作的小说《月之都》并没有得到幸田露伴的表扬，便断了做小说家的念头。

明治二十五年（1892）春节，子规有诗句云"惆怅卖文钱未得，微醒醒尽大虚壶"。不久，在陆羯南的关照下，搬到羯南家西侧，即东京下谷区上根岸町88番地。五月，开始在报纸《日本》上连载文章。六月，在《日本》连载《獭祭书屋俳话》，开始进行俳句革新运动。七月，学年测试落第，也没有补考，起了退学之意。归乡省亲的途中，与漱石同行至京都。十一月十三日，去神户将母亲和妹妹阿律接到东京一起生活，十七日抵京。十二月一日，到《日本》新闻社工作，每月工资十五日元。

明治二十六年（1893），在《日本》的"文苑"版面设置俳句栏。三月从东大正式退学。五月，处女作《獭祭书屋俳话》由他所供职的日本新闻社结集出版。这年冬天，在《日本》上连载《芭蕉杂谈》，令时人惊讶。子规批评芭蕉的俳句多半埋没于冗长的叙述中,上乘之作寥若晨星,缺乏"诗"的纯粹性。一时引来诸多争论,俳句革新也渐有影响。这一年也是松尾芭蕉殁后两百年,子规重访芭蕉的奥之细道,游记连载于《日本》。

明治二十七年(1894),甲午战争爆发。这年二月,搬家到上根岸82番地,仍在陆羯南家附近。二月十一日,子规创刊文艺报纸《小日本》,主要面向妇女儿童。在为《小日本》寻找插画师的时候,子规邂逅了中村不折(1868 – 1943),从不折那里吸收了洋画的写生理论,并将之运用到俳句创作中。在《俳句帖抄》中,子规这样描写一八九四年秋天的自己:

> 从秋末到冬初,每天都在根岸郊外散步……这个时候好像终于开始了解了写生的妙处。

《小日本》在同年七月十五日停刊,一共一百三十号。中村不折后来也进了日本新闻社,并为岛崎藤村的《若菜集》《一叶舟》配图。之后参加第十届明治美术展览会,逐渐成名。

次年四月,子规在《日本》发表《俳谐与武事》,云芜村之句多咏武事,蕉门联句亦多武事,借此表明从战决心。自幼时起即受汉学熏陶、少年时日作汉诗一首的子规,如今立志从军,要参加汉诗故乡的战争,数番向报社申请。司马辽太郎《坂上之云》中借子规母亲之口特别提到:"我们念的汉诗,摆放的清国瓷器与绘画——这样两个国家为什么会有这样一天呢。"

子规终以随军记者的身份去往中国。不过登陆两天后中日两国即签订《马关条约》，战争停止。子规病势益重，结识当时的军医部长森鸥外。归国途中咳血不止。后作《咳血歌》，有"缬红染云笺，文章灿陆离"之句。

子规短暂的余生都在咳血与俳句、短歌中消磨。他推崇《万叶集》，推崇与谢芜村，在明治三十年（1897）发表的《俳人芜村》中，极力称赞芜村"积极之美"：

> 美有积极与消极。积极的美是说其构思壮大、雄浑、劲健、严厉、活泼、奇警。消极的美是说意境古雅、幽玄、悲惨、沉静、平易。概括言之，东洋的美术文学倾向消极之美，西洋的美术文学倾向积极之美。如果以时代论，不问东西各国，古代多消极之美，后世多积极之美（不过，壮大雄浑的东西却是在古代比较多见）。因此，参悟了唐代文学的芭蕉多取消极的意境，而后世称为芭蕉派的人也大多仿此。这是寂、雅、幽玄、细腻且至美之物。极尽消极。因此学习俳句者，崇尚以消极之美为唯一之美。艳丽、活泼、奇警则为邪道、卑俗……一年四季中，春夏为积极，秋冬为消极。芜村最爱夏季，夏之句最多。其佳句亦多在春夏二季。这已是芜村与芭蕉之不同。

此外还有客观之美、人事之美、理想之美、复杂之美、精细之美等等，通过比较芜村与芭蕉俳句风格的不同、分析芜村俳句的长处，来表达自己对俳句创作的观点。子规又曾云："俳句、和歌、汉诗形式虽异，志趣却相通。其中俳句与汉诗相似之处尤多，盖因俳句得力于汉诗之故。"在《俳谐大要》开篇云："俳句是文学的一部分，文学是美术的一部分，因此美的标准也是文学的标准，文学的标准也是俳句的标准。也就是说，绘画、雕刻、音乐、演剧、诗歌、小说，皆可以同一标准来评价。"

他一生广交游，多作句，门人有河东碧梧桐与高浜虚子之双璧。读他与漱石往来的书信，很可见他的性情与趣味。一八九五年，子规从中国回日本后的养病期间，漱石曾到松山拜访。除夕夜，子规有汉诗曰：

忙里年光速，冬来病势增。穷阴天雨雪，寒日道生冰。
庐与山相接，吾将世互憎。柴门闻剥啄，倒屣迓良朋。

明治三十三年（1900）夏，子规病势渐沉，因为结核性脊椎炎发作，渐至卧床难起的地步。次年秋末，子规因病痛难忍，考虑自杀。十一月六日夜，他给当时在伦敦留学的漱石写信，云：

我已不中用矣。每日只是号泣，亦不再给报刊杂志作什么文章，书信全部废止。因此阔别多时，抱歉。今夜却想作一封特别的信。你的来信很有趣。是近来唯一令我喜悦的。我从前就一直很想看看西洋，你是知道的啦。现在成了病人，只能无限遗憾。然而读了你的信，却像去了西洋似的，真令我无比快乐。如果能给我来信的话，趁我还能睁眼的时候，能给我写一封来吗（有点强求）？

绘明信片已经收到了。伦敦的烤红薯的味道是怎样呢？
（中略）想写的还有很多，但太难受了，请原谅。

子规与漱石之间有许多通信，这是子规写给漱石的最后一通。明治三十五年（1902）五月五日，子规开始在《日本》连载《病床六尺》，每日不辍，第一篇云：

> 病床六尺，这是我的世界。而六尺的病床对我来说还是太宽阔了。仅仅是伸手能碰到榻榻米，连把脚伸出被子外面、放松身体也不能。严重的时候，被极端的痛苦折磨，身体哪怕连五分或者一寸都动弹不得。苦痛、烦闷、大哭、麻醉剂，在死路里寻求唯一一条活路，不能贪图一点点安乐。就算如此，活着的时候还是想说一些想说的话。每天看的东西虽然只有报刊杂志，但很多时候难受得连这个都看不了。也不是没有读了就生气的事、愤怒的事，偶尔也有因为快乐而忘记病苦的事。首先要说的是，这是一年到头都躺在病床上，而且六年来不知世事的病人的感受。

他在病榻上经常看画帖消遣，不论是西洋画还是日本画，比如五月八日，旧书店朝仓屋送来画本，供其挑选。他与河东碧梧桐同观，选了《不形画薮》《莺邨画谱》《景文花鸟画谱》《公长略画》。且依然不忘思考文学与美术的关系：

> 从前论及文学之美，曾分叙事、叙情、叙景三种。有人攻击说，西洋只有叙事、叙情而无叙景，我并不是在模仿西洋。当时觉得很好笑。过去西洋很少风景画和风景诗，所以学者进

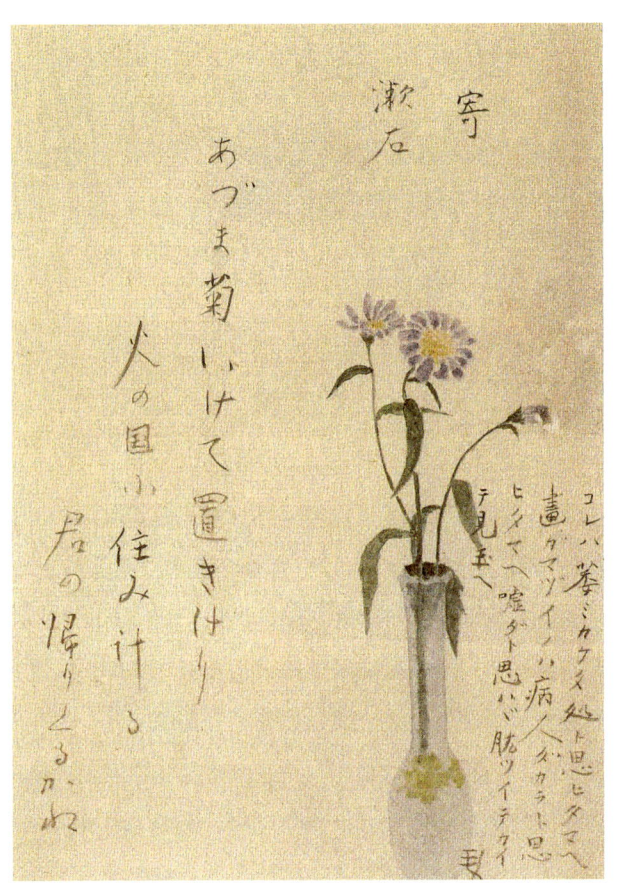

子规寄给漱石信中所绘野菊

行审美方面的讨论时,就一概不谈风景的问题。这是基于对西洋人见闻之狭窄而犯下的错误。

看画帖时常常强调写生的重要性:

(圆山)应举画的岚山图全是写生,但此外他画的许多山水却不重写生。四条画派中清水寺樱花、栂尾红叶等等描绘实景的情况不少,但仅止于一小部分,在整体来看,这些景色画很多都不是写生。(六月三日)

以及写生之于写作的必要性:

写生一事,不论是画画还是写记事文,都极为重要,因此若不依靠写生,不论是画画还是写记事文,都根本无法实现。西洋很早就使用了这一手段,不过从前的写生是不完全的写生,最近更加进步,用了更为精密的手段。而在日本,一直以来都将写生视为很愚蠢的事,因此妨碍了绘画的发达,且不论文章还是和歌,一切的事物都不得进步。这已成习惯,今日不知写生之味的人还是十之八九。在绘画和诗歌方面,提倡理想的人不在少数,但他们是不知写生之味的人,将写生排斥作非常浅薄的事,而事实上,理想才是非常浅薄的东西,远比不上写生的趣味那样变化多端。(六月二十六日)

六月五日,他观察病床周围的种种杂物,并详细记录了植物,有花菖蒲、高雪轮、美女樱、半边莲、松叶菊。有的是家人外出带回的切花，有的是碧梧桐带来的盆栽。还有信州友人岩本木外所赠黄百合二本，已在庭中开花。虞美人草、钱葵、蔷薇、庭树诸种。这年六月二十七日开始，子规卧床创作蔬果小品，即《果物帖》，序云：

> 这是苏山人从中国带给我的帖子，说可以写些什么。其后苏山人逝去，此帖无主，乃取来供病床乱写消遣之用。名曰"果物帖"。中有两页乃先前为山子所绘也。
>
> 明治三十五年七月十六日　病子规

苏山人即罗朝斌，是子规的门人，别号听松、卧云、南国。是清国公使馆翻译官罗庚龄的庶子，一八八一年生于长崎，母亲是日本人，姓小岛。一八九九年获《万朝报》悬赏小说第一等，之后入子规门。苏山人的俳句大量化用汉诗意境，如"吴人买鲈，杖上立蜻蜓"，"初汐呀，楚客船头何语"之类。这一年三月二十四日，已病故于东京赤坂的寓所，年仅二十二岁。子规有追悼句云："蝶飞哉，苏山人之魂游。"

从六月到八月，子规断续画了青梅、青南瓜、山形樱桃、巴旦杏、桃、夏橙、茄子、天津桃、甜瓜、梨、苹果、林檎、冬瓜、扁豆、李子、胡瓜、黄瓜、毛豆、核桃、蚕豆、香蕉、玉米、菠萝。并有句云：

> 开始画青梅，果物帖。
> 比起南瓜，茄子更难写生呀。

日本国立国会图书馆藏正冈子规《果物帖》(局部)

> 病中边吃桃子边画李。
> 应该画的夏季果物是什么呢。
> 画完之后，午睡也不成，好累啊。

这些在《病床六尺》里也有若干记录，如七月二十九日："有干胡桃、老蚕豆，拿出四五个，写生《果物帖》。"卧病期间，他留下了大量短歌，譬如：

> 卧病窗外橘花开，花落结实犹卧病。

这显然是学习《万叶集》的歌调，只是这样的句子如翻译过来，便少了许多摇曳咏叹的意味。

在《果物帖》快画完的时候，从八月一日开始，子规又在病榻上作《草花帖》，共有十五种植物。《病床六尺》八月七日记：

> 在枕边放草花一枝，将之忠实地写生，仿佛渐渐知道了造化的秘密。

《草花帖》序云：

> 此帖是不折子留下。但近来病苦，更无在旁人书画帖上写画的勇气。因而接受此帖，如果是自己的东西，在这上面写生时，则畅快无比。而且每天早晚打开这写生帖看看，也非常快乐。希望不折子从欧洲归来时，也不要夺走我这病床的唯一乐趣（即

此写生帖)。

明治卅五年八月一日

病子规泣言

写生都是在枕上完成

写生都是在喝了吗啡之后完成

不折子即中村不折。八月一日,他画了秋海棠与金莲花。二日早晨是射干,白天还画了日日草(长春花)。三日是瞿麦花,注云:"卖花老爷爷唤此为常夏。"四日是翠菊,黄昏是石竹与忘忧草。注云:"这是下总结城郡长塚节送来之物,春来生叶,而花开之际却没有叶子。"长塚节(1879–1915)是茨城人,十九岁时读到报纸《日本》上连载的子规的文章,极受鼓舞,后来到子规门下为弟子,被评为子规门人中最能继承子规歌咏之风的一人。八月五日黄昏是水引草(金线草)。八月十日午后是一枝斜插在玻璃瓶内的野菊,说是从庭前折来。八月十一日早晨是盆栽的桔梗,八月十二日早晨是高雪轮(钟石竹),八月十三日从上午画到下午的是一枝美人蕉。八月十六日是天竺牡丹(大丽菊),八月十七日午后是山梗菜。八月十八日早晨是庭前草花,有黄花酢浆草与黄瓜菜。八月二十日午后是架上的紫牵牛花。

在《病床六尺》八月二十三日的记录中,可知二十日这天天气很好,子规觉得很热,想画一种有力量的植物,来结束《草花帖》。于是想到牵牛花很好,然而今年庭中却没有种牵牛。于是向邻居陆羯南借来盆栽,不知怎么,别人却只掐来了两朵。子规正一个人躺着生气,陆羯南来了,二人聊了很久。中午陆羯南回家后,令女儿们送来一盆牵牛花。有一朵还开着，另一朵已凋谢。午饭后，子规开始写生，女孩儿们在边上玩耍，一会儿看画得怎么样，一会儿翻看《果物帖》，也想临摹。后来她们画了很好的樱桃，子规很惊叹。病榻上的子规苦心描摹牵牛花，女孩儿们终于等不及，先回家了。这一幕在《坂上之云》里也有非常详尽的表现。

《病床六尺》八月二十日记录说，已经写了一百则，意味着过去了一百天，虽然是极短的岁月，但对子规而言却如过去了十年。每天都要给报社寄稿子，因为觉得写信封太麻烦，就请报社打印了一百个信封。而报社居然打印了三百个，现在还剩下两百个没用。两百个意味着还有两百天，超过了半年。"如果是半年以上的话，那么梅花也开了。在病人眼中，梅花果然还会开么？"

遗憾的是，子规并没有用完剩下的两百个信封，也没有看到来年初春梅花开。九月十七日，《病床六尺》停笔。九月十九日，子规因重症肺疾逝世，年三十六岁。辞世句有：

丝瓜花已开，痰塞喉头矣。
痰一斗，不及等待丝瓜水。
前夜忘取丝瓜水，太迟矣。

以中国人的眼光看子规的俳句与人生，难免总是关注他的汉诗趣味、中国趣味，然而事实上比起这些方面的影响，子规更是激进热烈的文学理论革新者，东方的传统艺术、文化是他精神的底色，西洋的审美、理论才是他用来进行文学革命的重要武器。而病痛的折磨又是他文学与绘画实践的淬炼之火。他被囚禁于六尺病床，无

今日 金蓮花 NASTURTIUM Geraniaceae

八月十二日朝 カハラナデシコ

日本国立国会图书馆藏正冈子规《草花帖》（局部）

法远行，只能环顾四周，并让风景走向自己。他在疾病与痛苦中认识自己，也被其塑造了肉体与精神。子规去世大约十年后，漱石写了《子规的画》，说他就是画这样简单的草花，也不辞劳苦。三朵小花要画上五六个小时，画儿拙稚又认真：

> 费这么大劲，不仅病中需要极大的耐心，即使以他那作俳句、和歌时挥洒自如的性情来讲，也是明显的矛盾。盖因他学画画之初，从不折等人那里听到画画必先写生的道理时，他便在这一花一草上打算加以实践。不知他在画画方面，是忘记了使用他俳句上已经谙练了的方法呢，还是缺乏这方面的本领……在文笔上，凭才力他可以一气呵成。可是一接触到画具，却忽然变得呆滞僵硬起来，笔锋畏畏缩缩，踟蹰不前。想到这里，我不禁微笑了。当子虚来看到这幅画时，他曾表扬说，正冈的画，这不是画得很好吗？我却不以为然。这画画得是那么单调而平凡，且又付出了那么多的时间和劳动；凭正冈的头脑和才气，干这心余力绌而又用不着干的工作，从而泛溢着他那掩抑不住的古拙。其画虽古拙，却有其朴实稳重之妙，古拙而苍劲，严肃而认真。正象征着其为人之刚耿和愚直。如果说子规的画虽拙犹美，使人钦羡不厌，也许其奥秘就在于此吧。

子规的刚耿和愚直，在他的俳句里不太容易看出来，而在他的《病床六尺》和临终前数月留下的花果帖里可以充分体会到，不论是写作还是描画的笔触，无不执拗天真。我远离明治文学已有多年，此番在架上寻出蒙尘已久的《病床六尺》，感触良多。在这远离文学与诗歌、崇尚考据与研究的年代，子规告诉我创作者的强大力量与尊严，虽然我所了解的子规，也只是极模糊的一个侧影。

2010 年 11 月 9 日

2019 年 3 月 16 日补记

啄木之歌

零八年客居在北京,每日清晨从南城坐公交,换两趟到城市的西面,去听北外一位宋老师的课。其时他方从东京留学回来,拿的文学博士学位。班里学生本来就不多,天气愈发冰冷的冬日,来的人愈发少。昏昏欲睡的午后,阳光掩映的树影扑簌簌投了满墙,听着仿佛是在下雨。记得有一日老师讲到《一握之沙》,提起那位早逝的诗人。又及同时代亦如流星般陨落的樋口一叶、宫泽贤治、金子美铃等。《一握之沙》是啄木第一册出版的歌集,明治四十三年(1910)十二月一日出版,亦是啄木生前公开出版的唯一的短歌集。传统和歌每句总是五音节或七音节,短歌共五句,排列为五七五七七,共三十一音节。长歌则不限句数,须在五句以上,定式为五七五七……五七七。只是啄木将一行书写的短歌形式改作三行,打破旧例束缚,对后世日本短歌创作影响很大。他说,"我们并不为别人而生活,我们是为了自己的缘故而生活的。譬如在短歌里,也是如此。我们对于将一首歌写作一行的办法,已觉不便,或不自然。那么这便可以依着各首歌的调子,将这首歌写作两行,那首歌写作三行"。

《一握之沙》所收录者乃啄木于明治四十一年（1908）六月至明治四十三年（1910）十月间所创作的短歌。多为怀乡之作，所述背井离乡去往北海道，又自东京颠沛流离的生活，悲愁、流离、贫病交加。周作人译过啄木的《一握之沙》，有几段我非常喜欢：

在东海的小岛之滨
我泪流满面
在白砂滩上与螃蟹玩耍着

不能忘记那颊上流下来的
眼泪也不擦去
将一握砂给我看的人

对着大海独自一人
预备哭上七八天
这样走出了家门

一夜里暴风雨来了
筑成的那个砂山
是谁的坟墓啊

没有生命的砂，多么悲哀啊
用手一握
簌簌窣窣地从手指中间漏下

啄木过世后,又有一部歌集《悲哀的玩具》(1912年6月)出版,收录啄木明治四十三年十一月末到晚年所作一百九十四首短歌,皆为病中所吟。周作人称此卷"尤为我所喜欢"。此集原名《一握之沙以后》,友人土岐哀果据啄木《一个利己主义者与友人的谈话》(1910)中一句"歌是我悲哀的玩具而已",遂得此名。

明治十九年(1886),石川啄木出生于东北地区岩手县南岩手郡日户村日照山常光寺住持家中,本名石川一。他与宫泽贤治是同乡。据闻啄木这位做住持的父亲当初是与师傅的妹妹出奔到山中的,故而家境清寒。啄木出世后不久,父亲迁到涩民村宝德寺任住持,举家相随。啄木是家中独子,有两位姐姐,一位妹妹,素来娇惯,自小功课出色,有神童之誉。念初中后他关心社会事件,热心诗歌创作,愈发桀骜不驯。

明治三十五年(1902)秋,十七岁的啄木突然以"家庭原因"为由提出退学,不过几天便立即发足去东京。他如愿拜访了与谢野铁干和与谢野晶子夫妇,结识当时已成名的作家与诗人,参加各种诗会,又见到许多从前不曾读过的书籍,一时雄心勃勃。然而东京居同样大不易。啄木中学尚未毕业,又无专长,在东京仅仅住了三月余便囊中如洗,被房东扫地出门。父亲听闻此讯也一筹莫展,因家中拮据,最终伐了寺中杉树才凑足路费。明治三十六年(1903)初春,穷困潦倒的少年返回涩民村的家乡。

啄木一生都苦于贫困与疾病。年轻时辗转北海道小樽、函馆、钏路,又至东京。明治四十二年(1909),廿四岁的啄木在东京拜访岛崎藤村。又经朝日新闻社的同乡社长推荐,留在朝日新闻社校对部工作，月工资二十五日元，换算成当时的物价并不算低。奈何啄木工作不足月就向单位预支薪水，四处购买昂贵书籍，饮酒，游荡于浅草花街，很快入不敷出。啄木病逝后负债累计一千四百七十二元，相当于今天的七百多万日元。

啄木与妻子堀合节子可以称作青梅竹马。中学时啄木寄居在大姐的婆家田村氏家中，与邻居堀合家的女儿相识。节子小姐是教会女校的学生，亦有才名，彼此爱慕。啄木从东京黯然返乡，与节子书信往来。一年后，明治三十七年（1904）初，二人订婚。在他的恋爱日记《甲辰诗程》中有如下记载：

> 八月（一日）晨早起，给节子写信……与节子晤谈，至夜中八时许。啊，我勇敢的妻，美丽的妻，无论发生何等事情，我们只能是终生之友，而无他途。的确，假如没有爱，我将怎样生活下去呢？……
>
> 十日来者有节子。我们谈未来，谈希望，交换温柔的吻。话头不断地继续着。在诗、音乐、宗教方面，没有隔阂，舒畅地交谈。一旦话头断了，就在各自的眼神里闪烁起无声的话语……
>
> 十九日早晨节子来信，喜讯。
>
> 二月（二日）母亲及时外出，为办那件喜事。
>
> 三日此日，为与节子事，母亲去与她的父母定亲。
>
> 四日一点半，老母归。万事如意。

少年夫妻爱意深浓。但婚后生活依旧穷窘不堪。节子后来与啄木一样亦患肺结核。她为啄木诞育一子二女，与婆母一直不睦。啄木在朝日新闻任职后曾将母亲并妻女接到东京,但很快节子因与婆母龃龉加深而携女返回老家。啄木曾以罗马字作日记,有一段记录在浅草狎妓的放荡生活。节子既有才名,理应读懂丈夫的日记。

明治四十五年(1912)二月廿日留下最后的日记,云"发热、无钱筹药费"。三月初,啄木母亲因肺结核晚期过世。药费、丧葬费均赖友人资助,全家无米断炊。挚友金田一京助来探病,将自己的《新语言学》所得稿费资助啄木。四月,啄木病势转沉,十三日上午九点半,以廿七之龄死于肺结核。其时节子怀有遗腹子。夏目漱石、北原白秋等人均参加葬礼。《东京朝日新闻》四月十四日刊出讣告,题为:

石川啄木氏过世　薄命的青年诗人

六月十四日,次女房江出世。节子携二女(啄木之子早夭)自东京返回函馆。次年五月五日亦因肺结核死去,年二十八岁。

昭和五年(1930)长女京子死于急性肺炎,年二十五岁。两周后次女房江又因肺结核死去,年十九岁。石川一家就此断绝。

传世相片中的啄木与同代人相比是难得的清俊。他写过一篇诗论,曾刊于《东京朝日新闻》。他年轻多才,一生所作的事,退学,去东京、婚姻、漂泊、浪荡、写诗、写小说、广交游、狎妓,对大逆事件[①]的愤恨不平,都是真心。那篇诗论亦是真心,都是肺腑文字。

[①] 1910年,日本桂太郎内阁以谋刺天皇罪名逮捕幸德秋水等26名无政府主义者,判处12人死刑。1961年12人之遗族向政府提出重审此案。1965年日本最高裁判所判定原判决有效。

且引几段如下，以作结尾：

"以前我也作过诗，这是从十七八岁起两三年的期间。那时候对我来说，除了诗以外再也没有什么东西了。我从早到晚都渴望着某种东西，只有通过作诗，我这种心情才多少得到发泄的机会。而且除了这种心情以外，我就什么都没有了。"

"所谓诗人或天才，当时很能使青年陶醉的这些激动人心的词句，不晓得在什么时候已经不能再使我陶醉了。从恋爱当中觉醒过来时似的空虚之感，在自己思量的时候不必说了，遇见诗坛上的前辈，或读着他们的著作的时候，也始终没有离开我过。这是我在那时候的悲哀。那时候我在作诗时惯用的空想化手法，也影响到我对一切事物的态度。抛开空想化，我就什么事情也不能想了。"

"二十岁的时候，我的境遇起了很大的变化。回乡的事，结婚的事，还有什么财产也没有的一家人糊口的责任，同时落到我的身上来了。我对于这个变动，不能定出什么方针来。从那以后到今天为止我所受的苦痛，是一切空想家——在自己应尽的责任面前表现得极端卑怯的人——所应该受的。特别是像我这样一个除了作诗和跟它相关联的可怜的自负之外，什么技能也没有的人，所受的痛苦也就更强烈了。对于自己作诗那个时期的回想，从留恋变成哀伤，从哀伤变成自嘲。读人家的诗的兴趣也全然消失了。我有一种仿佛是闭着眼睛深入到生活中去似的心情，有时候又带来一种痛快的感觉，就像是自己拿着快刀割开发痒的疙瘩一样。有时候又觉得，像是从走了一半的坡儿上,腰里被拴了一条绳子,被牵着倒退下去的样子。只要我觉得自己待在一个地方不能动了,我就几乎无缘无故地竭力来对自己的境遇加以反抗。这种反抗常常给我带来不利的结果。从故乡到函馆,从函馆到札幌,从札幌到小樽,从小樽到钏路——我总是这样地漂流谋生。不知从什么时候起,我和诗有如路人之感。"

2010 年 11 月 13 日

岛崎藤村的私小说

日本大正年间发端的私小说一直繁荣至今，成为日本文学形式的独特代表。岛崎藤村便是日本近代文学史上实践私小说的一位作家。《春》《家》《新生》，从幼年到少年，到青年，到壮年，近乎执拗地写尽自己半生历史。

岛崎藤村原名岛崎春树，明治五年（1872）三月廿五日生于长野县（旧称信州）西筑摩郡马笼村。西筑摩郡即木曾郡，是万山耸立、林木苍翠的深谷。在岛崎藤村的小说《黎明之前》的篇首即是：

> 木曾路尽在山中。有些是沿着峭壁山崖畔的小道，有些地方深临木曾川之岸，有些地方是围绕山尾的深谷入口。独此一条窄街，贯穿纵深的森林地带。

马笼村即在木曾山谷南端尽头。藤村生于山国中，春采艾蒿秋拾朴树之实，入冬傍炉看雪。这是他的少年时代，种种意象后来频繁出现在他的作品中。

藤村家世袭"庄屋"（村长）之名，亦是木曾街道上出名的"本阵"（江户时代供大名等住宿的官方许可的驿站旅馆）之一。其时社会动荡，木曾森林归入新政府之官有森林，古老的驿站旅馆亦渐式微。岛崎一家家道中落。藤村之父正树通汉学与日本国文学，为复古主义学派平田笃胤的信徒，崇尚王政复古，曾于东京教部省任职。奈何明治维新后的现实与其理想相去甚远，最终黯然返乡。藤村幼年即跟从父亲学习《三字经》《千字文》，七岁入小学，读《论语》与《孝经》。他是家中幼子，深受父亲爱宠。明治十四年（1881），父亲将十岁的藤村与二位兄长送至东京求学。明治十九年（1886），岛崎正树竟因精神错乱发狂而死。父亲之死影响藤村一生。其晚年长篇小说《黎明之前》即以父亲为原型。

明治二十一年（1888），藤村在美国留学归来的女子教育启蒙者木村雄二处受洗，皈依基督教。明治二十四年（1891）藤村自明治学院毕业，次年在明治女学校任教，很快陷入与学生佐藤辅子的苦恋。奈何佐藤辅子已有未婚夫，藤村辞去教职，很快放弃了基督教的信仰，前往关西一带云游远行。途中拜访了同为明治女学校毕业的另一位女生，感情渐有转移，且日趋微妙。同时又与辅子书信往来。不过辅子很快意识到自己婚事已定，不可逾距，遂无后话。藤村亦返回女校继续任职。但明治二十九年（1896）二月，女校遭遇火灾，付之一炬。其时樋口一叶、上田敏等人均热心于文艺刊物《文学界》。田山花袋、柳田国男也加入此中。藤村亦觉心动。不久独往仙台东北学院任教。他在诗歌方面的才华正是在仙台的这段时期全面迸发。到仙台后第二年，回到东京，出版第一部诗集《若菜集》。有一首《初恋》，其中一段为：

初见时你盘绾少女之发

在苹果林下

鬓前花栉

念及你如花玉容

柔黄轻舒

赠我以林檎之果

薄红的秋实啊

如你我之初恋

我心痴迷如入梦境

为你青丝羁绊

欢饮此杯

满是你的爱恋

是否为写给辅子的情诗,无从知晓。

明治三十二年(1899)四月,迫于生活压力,藤村再次放弃东京生活,回到故乡信州一个小村镇的"小诸义塾"教书。不久即与北海道函馆出身的秦冬子结婚。这位冬子小姐亦毕业于明治女校,后来为藤村生下四女三子。而生活并不如意,收入太低,妻与从前的恋人有瓜葛,藤村又与另一位女子互生情愫。早期《若菜集》中清新流丽的诗风逐渐转为悲哀倦怠。如:

吾胸深处

乃有不可言说的秘密

小诸北倚浅间山麓,南临千曲川溪流,藤村在此居住七年,开始从诗转向散文创作,有一辑《千曲川写生》。岛村抱月评价曰:"叙景每暗示人事,叙人事每暗示命运,这种笔法,动人心弦,如果不是崭新的人,是使用不了这种笔法的。"周作人与藤村有交情,先后有数面之缘,藤村过世后亦撰文怀念。他很喜欢藤村的随笔:"几回想要翻译,却终于不曾下笔,因为觉得这事情太难,生怕译不好反把原文弄坏了。"藤村在小诸留下的随笔,我也很喜欢,譬如:

"已是十一月中旬。某日清晨,为潮涌之声所惊,顿时醒来……拉开纸障,木叶纷纷卷入房内。此日晴空朗照,云层洁白。川流之畔垂柳疾摆,桑田中茶褐色的霜叶随风而至……土,岩,人的肌肤,在我眼中皆是灰色。日光下又泛出薄薄的黄色。这日枯木野山之光景委实凄凉,又壮烈。"(《落叶》)

"所贮蔬菜已尽。葱、马铃薯之类十分缺乏。需要购入新的蔬菜。亦往往有每日除却食裙带菜味噌汤无甚可食之时。若逢春雨之朝,远望檐下土墙蜿蜒之青烟,顿觉美好的时令已然到来,至于食物贫乏之类亦不值一提。复又能念及冻豆腐的油哈气。那黄色的东西挂在墙上招摇,真是看到也觉得厌烦啊。不过走在薄雪覆盖的茫茫道中,听到传来的女声曰:要草饼么?亦觉得喜悦。"(《山上之春》)

这段时间藤村创作出第一部长篇小说《破戒》，拉开日本自然主义文学运动，也奠定其在日本文学史上地位。

明治三十七年（1904），《破戒》开笔，明治三十八年（1905）盛夏，在三叠大小的居所中完稿。翌年藤村自费将书稿出版，监督印刷，从装帧到插画均费尽心血。又亲自踩着木屐推着一车书稿从数寄屋桥到神田神保町。其时正值日俄战争，日本赌以倾国之力，作为诗人的藤村亦背水一战，赌上全副身家。

《破戒》面世，即受到广泛关注，夏目漱石、与谢野晶子等人均有很高评价，后又被搬演作戏剧。藤村成为极受瞩目的自然主义文学派作家。不过在《破戒》成稿期间，藤村的三位幼女均陆续夭折。妻冬子妊娠期因营养不调而患夜盲症。明治四十三年（1910），冬子产后大出血过世，诞下四女柳子。兄长令长女久子（《家》中阿俊的原型）、次女驹子（《新生》中节子的原型）前来照料这位可怜的叔父。不久，久子结婚。藤村身边只剩下驹子。这是明治四十五年（1912）的事。是年七月，日本改元大正。

藤村随后陷入与驹子的不伦之恋，驹子竟至有孕。他深觉痛苦。一如当年陷入与辅子的爱恋而远游关西，藤村决定再度踏上行旅。只是这一次走得更远。他到了法国。三年后归国，于早稻田教授法国文学。与驹子旧情复燃。从法国回来后两年（大正七年，1918年），藤村四十七岁，驹子二十六岁。二人均无法放开这段恋情。痛苦不堪的藤村决定创作告白小说《新生》，又掀轩然大波，毁誉参半。譬如芥川龙之介就批评主人公岸本为"狡狯的伪善者"。

昭和三年（1928），丧妻十八年后，藤村与杂志《处女地》的同事加藤静子结婚。是年藤村五十七岁，静子三十三岁。翌年藤村开始创作《黎明之前》,"他已是将届花甲之年,一切人生的修炼和文学的涵养已经圆熟的时代了"(张我军)。

周作人说"藤村先生的诗与小说以前也曾读过好些。但是近年爱看杂文,所记得的还是以感想集为多。在这里我也最觉得能看出老哲人的面影,是很愉快的事"。《岛崎藤村先生》又云"于现今日本作家的作品中,岛崎藤村的文章我是钦佩的。他的文章实在好,可是翻译起来即感觉无从下手,译出之后亦恐落俗,把原作含有的优美的气息丧失尽了"。(《闲话日本文学》)周作人不写小说,对藤村小说亦无评价。但对藤村的随笔却有过一句:"藤村随笔里的思想并不能看出有什么超俗的地方,却是那么和平敦厚,而又清澈明净,脱离庸俗而不显出新异。"(《自己的园地·沉沦》)

周作人译过藤村所抄西行法师短歌一首云:

夏天的夜/有如苦竹/竹细节密/不久之间/随即天明

后来张爱玲在《诗与胡说》中写:

周作人翻译的有一首著名的日本诗,夏日之夜,有如苦竹,竹细节密,顷刻之间,随即天明。我劝我姑姑看一遍。我姑姑是"轻性智识分子"的典型,她看过之后,摇摇头说不懂。

这与周的原作略有不同。后来这首诗又印在杂志《苦竹》的封面上。关于这首诗,还能引出周作人与沈启无一桩公案,离题甚远,此处不提。

昭和十八年（1943）八月二十二日，藤村因脑溢血死去，由此结束七十二年漫长艰难的生涯，葬于大矶町地福寺境内梅树之下。据说临终遗言是：

风真凉快啊。

岛崎藤村很早就受到中国文艺界的关注，有不少作品被译介至中国。如翻译家汤鹤逸曾在一九二六年译过藤村的两篇短文，《家畜》与《母亲》，刊于《晨报副刊》，并有译后记云：

岛崎藤村为日本作家老夙，少年以诗有名于时，中年始从事创作，又能独辟畦径，另树一帜，与故去红叶独步齐名。他的创作，深为日本一般青年学子所爱读，甚至书架上以不有藤村集为俗恶。他原名春树，生于一八七二年，现在已五十有五了，于一九二二年完成藤村全集十二卷，风行一时。他的创作态度，吉江乔松最近在《岛崎藤村所步之道》一文上，批判得最为中肯。兹摘译于次，藉供参考。"当日俄战后，日本文艺已到现实的自然主义了。这种自然主义，因侧重材料，表现常有粗放的倾向，诗人岛崎的艺术，却没有那种痕迹。艺术的香味，始终是丰富的，热烈的，恰像压榨后 Gobelin 仍不失其厚重，并且于其裂缝中，织出人生实状，读者无不为其所感魅。盖凡由浪漫派变为写实派时，苟其人为热情人，必绞出一种不可思议的神秘性，岛崎艺术的魔力，正是如此……"

值得一提的是，后来到一九四三年，钱稻孙也重新译过《家畜》，并标注是"北京话译"，与陕西人汤鹤逸的翻译互相对照，非常有趣。一九二七年十二月，徐祖正翻译的藤村著《新生》（上下卷）由北新书局出版。徐祖正曾留学东京高等师范学校，回国后在北京大学教授日文。他还零星翻译了一些藤村的单篇。譬如一九二九年起在天津《益世报》副刊（第7期至第17期）连载岛崎《落魄的理学士》（1920）的译文。此文原型是东京物理学讲习所创始人之一鲛岛晋（1852－1917），也是岛崎藤村在长野小诸义塾时的同事。还曾在《燕大月刊》（第4卷第3期、第4期，1929年）刊出藤村的《朝饭》译稿，以及在《北平近代科学图书馆馆刊》（第3期，1938年）刊载藤村的《冈仓觉三》。一九二六年，徐祖正翻译《新生》期间，也在《语丝》连载了《山中杂记》，其中颇可见他对藤村作品及翻译工作的看法：

> 坐对着靠窗的桌子，又想把自己整个的饱和在那部心好的作品内然后一行一行的迻译到自己拙讷的文字中，这在我已能镇压了不少的有时含笔到心胸上的悲哀了。不知好几次在对着这件译事的幽静心气中，忽然之间我把译笔抛在一边，激切地失声哭了出来过。如此哭过以后的平静又是难于言传的了。又想到我心的脆弱一半也由于我身体的脆弱。身体的脆弱或者渐渐地可以复元，那一半的心的脆弱我将如何去修补！
> 体验到古昔人们虽在盛平之世，把有为的心力灌注于抄写经文的那种心境的，是这种瞬间。
> ……在这些地方我景佩岛崎藤村的那种人生的真挚，同时

不离乎艺术的技巧的那种艺术家的态度与那个表现法。……藤村早年的散文著作差不多是直叙的自然描写。这就是先把自己抛放到自然里去。……而藤村能从黑暗的自然主义里辟开新生路，仍有深秋果熟样的圆熟时期的艺术品飨惠我人的，一面是他诗人深湛的情热，一面是他从自然的真挚中会得到的艺术的技巧。这也就是他内在的独自的技巧。我一头迻译他圆熟期艺术品之一的《新生》时候，我感到的是如此。

我在羡慕他的技巧以先，深深叹服他的真挚。

藤村作品的第二个翻译高潮在北平沦陷时期，譬如在该时期，张我军因困于生计，曾在周作人的建议之下翻译了《黎明之前》，连载于《国立华北编译馆馆刊》。一九四三年藤村去世后，以沦陷区北平为中心的中国文艺界也纷纷展开悼念活动，并发行岛崎藤村纪念特辑。周作人在《岛崎藤村先生》中写：

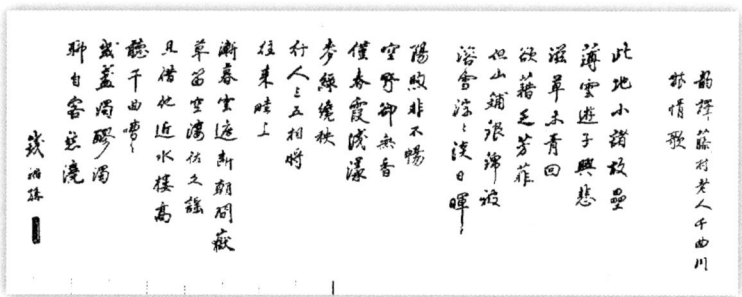

钱稻孙译《千曲川旅情歌》
刊登于《艺文杂志》（第1卷第4期，1943年）岛崎藤村纪念特辑

突然看见（藤村的死讯），也还不怎么惊骇，却是很迫切的觉到一种寂寞之感……心想能写这样文章的人于今已没有了，很是可惜又仿佛感觉自己这边阵地少了一个人，这寂寞便又渐近于心怯了。

《艺文杂志》（第1卷第4期，1943年）刊出钱稻孙曾在一九三八年公开的《千曲川旅情歌》（1905）翻译手稿，兹录于下，作为此篇收束：

  此地小诸故垒
  薄云游子兴悲
  滋草木青回
  欲藉乏芳菲
  但山铺银锦被
  溶雪淙淙淡日晖

  阳煦非不畅
  空野却无香
  仅春霞浅漾
  麦绿绕秧
  行人三五相将
  往来畦上

渐暮云遮断朝间岳

草笛空凄佐久谣

且借他近水楼高

听千曲嘈嘈

几杯浊醪浊

聊自客愁浇

2010 年 11 月 11 日

昔日的歌——梦二

1 序曲

明治四十二年（1909）十二月，日本洛阳堂出版社刊行竹久梦二的首册画集《春之卷》，一时洛阳纸贵。此书是以小幅画作配短篇诗文，三两笔勾勒的一帧，有扶额沉思的少年，窗下掩袖的女子，病中为远人书写长信的妇人，灯下缝衣裳的妻。极清简，又十分悲哀。得了藏书票的趣味，又似与江户时代的俳画气韵相通。卷首写着：

十六岁的春天，我前往都市。

那时还没有做画工的打算，不过是向往朱阑长廊之高阁的无上荣华罢了。

然而，有关都市漂泊浪荡生活的习惯，我则是连与人群打交道这样的事都会不好意思的。怀着对一切都无所谓的心情行走，路过高高矗立着白墙的银座，总是胸中激荡，低声吟唱有关革命、自由、漂泊、自杀等奔放的歌曲……

我曾想做个诗人。

但诗稿又不能变成面包。

有时尝试以绘画形式表达诗歌，付诸画笔之端，却颇为意外地在杂志上发表。这让战战兢兢的我内心充满惊喜。

传统日本文人画受中国山水画之影响，试图通过笔墨表达一种精神寄托，趋向一种精神诉求。近代传入日本的西洋画则主张还原其形状、色彩，力求表达人与物逼真的存在感。竹久梦二的绘作不属于其中的任何一种，而是一种自我的抒情。明治四十一年（1908），梦二曾拜访画家冈田三郎助（1869－1939，日本洋画家），想得到绘画方面的指导意见。冈田劝说梦二不要去念美术专门学校，建议他自学成才，因担心美术学校的教条培育法扼杀他的天赋。梦二因此没有走上学院派的路途，而是随性自由地画完了一生，或许这正是他的命运。一九二一年春，丰子恺赴日学艺，正当他处于不得西洋画之门径的苦恼中时，无意中见到梦二的画：

回想过去的所见的绘画，给我印象最深而使我不能忘怀的，是一种小小的毛笔画。记得二十余岁时，我在东京的旧书摊上碰到一册《梦二画集·春之卷》。随手拿起来，从尾至首倒翻过去……我当时便在旧书摊上出神，因为这页上寥寥数笔的画，使我痛切地感到社会的怪相与人世的悲哀……这寥寥数笔的一幅画，不仅以造型的美感动我的眼，又以诗的意味感动我的心。（《绘画与文学》）

后来丰子恺画出"人散后，一钩新月凉如水"，也是寥寥数笔，余味不尽，同梦二可谓一脉相承。他从梦二的画中得到启发，大约也是命运的邂逅。

我很喜欢《春之卷》里的小画儿与短章，譬如当中有一篇温柔的《母亲》：

> ……这时，母亲膝上有一册摊开的绘本，已经给我读了百遍万遍。
>
> "昔日吾母走在四国朝圣之途中，染病亡故。因爱恋之心而到此处，被索要食物的犬狂追不已，滚下了泥泞的山坡，被驿站的旅舍拒之门外。濛濛细雨，芒鞋，斗笠，旅途的天空。这写的是信女，这里的信女就是这样的吧。那写的也是信女，那里的信女也是这样的吧……"
>
> 母亲低声读着，很悲伤的样子。我眼中的泪水一滴，两滴，三滴，流淌下来。灯光从四面八方洒下来，非常耀眼。绘本与苹果都消失在美丽的光晕里。
>
> "是极乐往生了呀。好孩子，好孩子，不哭啦。"母亲紧紧抱着我。

而母亲所读的这段故事，正是一八九七年正冈子规所作《拟俚歌》的第六首，子规自述创作意图云："俚歌当中的摇篮曲及小儿的歌谣言辞虽多鄙俗，但有趣之处不少。近时因小学校里多教唱歌，俚歌渐绝迹矣。我认为比起歌曲，俚歌当中更多文学趣味。"子规珍惜传统歌谣中的趣味，不愿它们被近代的流行歌谣湮没，因此有

梦二作品《女十题"舞姬"》

意搜集传统俚歌,并仿其意趣,尝试作了六首。《拟俚歌》面世之际,梦二的确还是十三四岁的少年,不知道他是不是也是从母亲那里听过这首歌谣。

还有一幅《其后二年》,画的是梳圆髻、着和服的妻,在小炭炉旁准备夜饭。写着一句话,说妻寂寞地笑着:"也有过吟着歌的往昔啊。"

那是怎样的歌?譬如三岛由纪夫《春雪》中写过,扇面上的金粉映着红叶染成鲜红色,细羽即将落到地面,女童手执纸牌咏着长调的和歌。都只是岁月之中的某个瞬间,是梦二的世界。

2 青春

竹久梦二是日本极负盛名的画家、诗人,他的名字几乎代表了一个时代——但凡提及大正浪漫,就会想到他笔下那些孱弱哀愁、乌发妙目的美人。人们称他是"大正的浮世绘师",将他与江户时代浮世绘师喜多川歌麿相提并论。他有一张年轻时的照片,也许是在早稻田读书时所拍,坐在窗边,怀抱某种近似吉他的小型弹拨乐器,双目微眄,似乎在等候着什么。轮廓清瘦,头发蓬乱,穿着小高领衬衫。纱质窗帘徐徐拂动,筛碎窗外流光。若干年后,失去爱人、从京都回到东京的梦二避居一间普通旅店,在人们的回忆中,他"长发垂肩,结着波希米亚式领带,穿高领衬衫,外出时必挂一支细杖。神经质的面庞,病人一样消瘦,显得很苍老。架子很大,孤僻,从不屑与学生同席吃饭",许多年前的姿态如此重复,苍白、衰腐、疏离、经年不散的悲哀——时光消逝并没有带走他血液中的东西,它们在光阴之旅中互相辨认。

明治十七年（1884）九月十六日，他出生在冈山县邑久郡本庄村一户世代经营酒坊的人家，本名茂次郎。长兄一年前已去世，因此他成为事实上的长子。他有一位年长六岁的姊姊松香，后来还有一位年轻六岁的妹妹阿荣。他与松香姊姊关系极厚，并终生敬爱她。松香十七岁时出嫁，梦二十分悲伤，在家中廊柱上默默刻下的"松香"二字至今仍清晰可见。姊姊是少年时期的梦二对美好女性的全部想象，温柔、宽容、细腻、哀楚。在后来的诗画中，他许多次提到"姊姊"这个意象。"未嫁的阿姊梳着桃割髻（少女的发式），在蚊帐内讲故事。她髻上簪着野菊花。"（《春之卷》）"和姊姊一起去吧！春太郎与姊姊一起走着，在二楼的位子上坐下来。"（《街之子》）松香第一桩婚姻维持得并不久，离婚后仍住在母家。梦二小学毕业后曾寄住到神户的叔父家中，就读于神户初中。不久退学，与家人迁往福冈县远贺郡八幡村，跟随父亲在炼铁厂学习制图。想必孱弱敏感的梦二无法忍受这份工作，最终决计去东京。旅费与盘缠是母亲与姊姊凑出来，那是明治三十四年（1901）夏天，十八岁的梦二离家远行。这一年福泽谕吉刚刚死去，正冈子规活跃于文坛，东京街头流行各种新式样的木屐与造型夸张的蝙蝠伞，管道煤气刚刚开通，梦二"怀着对一切都无所谓的心情"行走在这梦想里光怪陆离的大都会中。

不过初到东京过得并不如意，他进入早稻田实业学校本科后，迫于生计做过车夫，寄住在银行官员家中当看门人。十九岁时，认识一位同样年长他六岁的贵族小姐小竹几久荣，他给她写过一张明信片，称呼"姊姊"，其信云：

生年仅十九载，不长不短
一直浮沉不定，如若孤舟漂泊
风来东西不定，如此不足道的生命

美术史家森口多里评价梦二："竹久君的个性，总之是住在东京的乡下人的个性。那时如果他在东京住得更久些，多沾些所谓江户子的风气，大概画中人物就不会有那种孤独自我的情绪了。如果他过度沉迷铃木春信、喜多川歌麿，或者执着所谓的江户情绪，那么大概也不会形成梦二独特的性格。竹久君的情绪力与想象性，创造了一个完全崭新的人。这是明治末年到大正年间，憧憬自由奔放的青年感觉象征的一类人。以日本传统之美为基础，将异国风情自由尽情地消化，超越平俗世间审美的一类人。或者说他展现了一种完全的异国人的风情，又极为自然地移入自己的情绪，所有的一切都成为竹久君世界里的一类人。"（《美术史中的梦二》）

"住在东京的乡下人"，这句话评得很贴切，但梦二自己却很不喜欢"乡下"的痕迹，包括"茂次郎"这个乡土气息浓郁的名字。最初换过不少笔名，"洎子""幽迷儿"，后来定为"梦二"，亦有自嘲之句云：

若云花之江户乃为梦二，归乡则曰茂次郎。

日人名字的汉字组合有另一种秩序，文人的笔名常有某种奇异的美感，比如"芜村""荷风""一叶""春夫"，仿佛日边清梦。梦二对名字的执着也用到三位儿子身上。长子名虹之助——"虹"这个字在日本姓名中很少见。次子名不二彦，三子名草一。他写过一首《草之梦》：

> 露水已消散，一如遗忘的爱恋。想到的小孩子啊，川流之岸流逝的曙色，白日的草之梦。

梦二的诗有与谢野晶子"明星派"的风格，也与北原白秋的气味相近。句子都很简单，并不见修饰，应该不是苦吟之句，而是一瞬之间的叹息。像有颜色，有一双泪眼在其后，读过印象很浅，好像冲上沙滩的潮水拂去流沙的痕迹。有一种不可描述的东西，诗句还不够完全表达，他大约也有这种无力感，所以才要画画。

梦二创作早期不乏一些中规中矩的画作，与他代表作风格颇有差别。当时所绘的美人图还不是后来一例瘦削缠绵的姿态，有一幅《沙扬娜拉》（明治四十三年，1910），袴装的母亲牵着洋装的女儿，是写实的画法，目光都在别处，哀愁是不变的。还画过一位双颊丰腴的美人，膝上摊着一册书，阴影浓淡，描出鬓边的碎发。

有一幅《破碎的水车 绝望的心》（明治四十一年，1908），画一段毁损的木质水车，浑浊的流水汹涌而出，远处是黯淡的天色。画中在绝望什么，梦二并没有说过。是年一月，日本早期社会主义思想家石川三四郎、幸德秋水等复刊《平民新闻（日刊）》，反对日俄战争，推行反战运动，竹久梦二也是供稿人之一，《平民新闻》刊过他一些小画儿。有一幅《总归都重要》，画一位平民妇人的背影，步履沉重，一手抱着乳儿，一手提着市上买回的萝卜。寓意日俄战争后日本经济萧条，物价上涨，民众生活艰难。不过三月后政府即下令停刊。两年后，幸德秋水以"大逆事件"首犯被捕，翌年一月处以极刑。梦二的绝望与茫然正如浊流冲击之下的水车。周作人《知堂回想录》录过一篇《大逆事件》：

> 这是明治四十四年一月廿四日的事，那时正在大学赤门前行走，忽然听见新闻的号外呼声，我就买了一张，拿来一看，不觉愕然立定了。这乃是"大逆事件"的裁判与执行。

大逆事件又称幸德事件，以图谋暗杀天皇、制造暴乱的罪名将幸德秋水为首的二十四位社会主义者与无政府主义者逮捕，由大审院（当时日本最高法院）判处死刑。次日又判减刑，将一半人处死，另一半为无期徒刑。日本明治维新是模仿西洋的资本主义民主改革，根本仍是专制独裁，民主自由不过是表面的一点迹象。

梦二的青春时代曾浸染过社会主义思潮，他曾聆听社会主义学者、早稻田大学教授安部矶雄的演讲，很受感动。早大与社会主义颇有渊源，明治三十四年（1901），即梦二上京那一年，日本社会民主党成立。创立者中便有两位是早大出身。梦二在早稻田实业本科读书时接触到《平民新闻》，并时常出入平民社，与后来的左翼运动家荒畑寒村私交最厚。《寒村自传》有云：

> 如果说竹久梦二往年是社会主义青年的话，肯定有人会吃惊，但他确实常来平民社。不仅如此，回京后收留我同居寄食的也是他。

推荐梦二向《平民新闻》供稿的也是寒村。他比梦二小几岁，生于横滨花柳街一间小饮食店，自学成才，遍尝艰辛，常搭乘运载平民社出版物的车子远行到东北地方做宣传活动。寒村曾在梦二家中欢谈半日，姊姊松香亲自下厨款待。明治三十八年（1905）《平民新闻》遭遇政府第一次废刊，同志四散，寒村与梦二的交谊至此中断。

此后的大逆事件在明治思想界产生不少影响，为人所知的有石川啄木、佐藤春夫、永井荷风、木下杢太郎、德富芦花等。石川撰写大量政论文章，成为社会主义者，曾在文中写道："如果我能为社会向该前进的方向进步贡献微力，我将心满意足。尽管能否贡献还是个疑问，但要为此努力，我觉得这里有我今后生活的唯一意义。"永井荷风则消极退避，承认自己是"戏作者"，沉浸于江户艺术中，在其《浮世绘的鉴赏》中写道："现在虽云时代全已变革，不过只是外观罢了。若以合理的眼光看破其外皮，则武断政治的精神于百年以前毫无所异。"梦二也没有走上社会主义革命之道路，最初不过囫囵吞枣接受了唯物论而已。从故乡到神户，再到东京，当初的少年已至青春尾声，他仍在行旅的途中，写着悲伤的诗句，笔下的美人仍是那副哀愁抑郁的形容。

3 妻子

在《春之卷》之首，有一句"此集献给那已分离的眸之人"，说的是梦二之妻岸他万喜。读书时为维持生计，梦二画过不少明信片,明治三十九年(1906)他与他万喜相识。她是画家堀内喜一的遗孀,新寡未久,在早稻田鹤卷町开了一家明信片铺子"鹤屋"。鹤屋生意很好,有许多文艺青年光顾。这位年长两岁的女人很快吸引了梦二,"睫毛极长,圆圆的眼睛,不知为何脸上总有一种哀愁"。他开始热烈的追求,翌年年初二人结婚。

婚后梦二到太平洋画会研究所学习油画,又在读卖新闻社谋得一份工作。明治四十一年(1908)长子出生,仅一年后二人即因性格不合协议离婚。只是他们的关系并未就此终结,此后八年内重复着同居、分居的纠葛,又生育了两个儿子。

大正三年(1914)十月,梦二为他万喜在日本桥吴服町开了一间"港屋绘草纸店",门口写着:

> 港屋是专门出售漂亮的木版画、可爱的石版画、卡片、绘本、诗集,以及专门为日本女孩儿设计的彩绘阳伞、人偶、千代纸、半襟等商品的小店。

梦二为港屋精心设计了许多商品,如开着山茶花的浴衣、印着女人背影的手绢,以及各种信笺、信封、随笔笺、包袱皮。这些小物迅速风靡,港屋也成为文艺青年钟爱的聚会场所。如今东京的港屋仍在营业,京都银阁寺前的山道旁亦开了一间分店。夏天时出售各种色彩优美的浴衣,打出的广告是"回味大正浪漫,做梦二式美人"。初夏在山中散步,道中开满将与人同高的大株百合花,路过港屋,我买下一块印着宵待草的手帕。可惜爬山时不慎丢失,不知落到哪里去。

京都，年坂梦二专门店"港屋"，此地亦为梦二寓居京都的旧址

当时出入港屋的有一位女子美术专业生,叫作笠井彦乃,也是后来梦二终生念念不忘的女子。在梦二自传体小说《出帆》中有这样一段:

> 三太郎(原型即竹久梦二)的画室与店铺不在一起,妻和孩子们住在别的地方,当时已经生了三个孩子……妻照料孩子,他则往返画室和商店之间。那实在是"孩子的世纪"。
>
> 三太郎已对以孩子为中心的家庭失去了兴趣,当时他唯一做的事就是给儿童杂志画画儿。
>
> (中略)三太郎常常离开店里和朋友聚会。从学校到黑船屋(店名)来的学生当中,三太郎对一位女孩子特别感兴趣。她笑起来有小小的虎牙,手的样子也生得很美。
>
> "这真是艺术家的手啊。"
>
> "我想认真学画画儿。以前跟某先生学过日本画,先生可不可以抽空帮我看看画儿呢?"
>
> "如果可以的话,我就看看吧。"
>
> 三太郎也清楚告诉妻子,说喜欢那个姑娘。

那时候多角恋情也很平常。不过这段文字读了还是令人绝语,不知当事者们最终是否会原谅——彦乃芳华早逝,他万喜孤独终老。她们因为喜爱这个人的才华,竟甘愿纠缠一生、抛掷一生。

与他万喜关系正式破裂是大正四年(1915)的事,梦二疑心他万喜与旁人有染,在富山县宫崎海岸旅馆内刺伤她手臂,一时沸沸扬扬,终于无法收场。不久梦二即与彦乃正式交往,一年后他万喜生下三子草一。这个孩子很早就送给别家做养子,后改名荣二郎,成了新派的舞台演员。不过后来战时应召入伍,最终战死在新几内亚。

离开梦二以后,他万喜做过保姆,后来皈依天理教,一直没有再婚。教内有一项活动,借上门宣教之际无偿提供清洁卫生间的活动。这个神秘团体有个很好的名字:一澄园。大概是清理人世污秽而洁净自身的意思。大正十三年(1924)梦二在郊外筑园少年山庄。昭和三年(1928)他万喜造访此处,与阔别久矣的梦二重逢。不过当时梦二正与十七岁的岸本雪江同居。在雪江的《梦二追忆》中有这样一段:

> 玄关处立着那位女人,围着质地上佳的皮草,身后跟着佣人。我只是心里扑通扑通,也没有被这位自称是梦二之妻、不二彦之母的女人放在眼里,她对我很轻蔑的样子。

梦二去世后,他万喜来到其生前住过的疗养所做了三个月义工,专门清理卫生间,理由是"梦二得到过你们的照顾"。当年那位明眸美貌的美人就这样过完余生。那个梳圆髻着和服的妻呢?小炭炉毕毕剥剥的火光中,炊饭的烟气中妻寂寞地笑着;也有过吟着歌的往昔啊。

4 彦乃

梦二喜欢的女人从来没有变过,都是一个类型。《黑船屋》(1920)

梦二作品《黑船屋》

中那个眉眼低垂的女子,梳圆髻,微微仄着肩,怀抱一只黑猫,与髻子是同样的墨黑。《待春之人》(1921)中的女子立在梅树下,同样双目微垂,不胜哀愁之姿。这些画儿的模特都是梦二后来交往的阿叶。但对照彦乃传世照片,却也有一种惊人相近的气质。彦乃清瘦单薄,坐在那里总是恹恹的,眉眼在低处,即便有笑容,也是极轻的一痕。她是东京日本桥纸屋店老铺家的小姐,家中资产丰厚。她早有婚约,应该是一位门当户对的人,只是十九岁这一年她与梦二相识。因她祖籍在甲斐,梦二曾深情赞美曰:"汝生于甲斐,有一双哀愁的琉璃色眼眸,如若沾满露水的葡萄,含满泪光。"

大正四年(1915)五月,梦二与彦乃确定恋爱关系,随即遭到彦乃父亲的强烈反对。翌年十一月,梦二因东京时局紧张避居京都,大正六年(1917)四月与次子不二彦一同移居高台寺南门。六月,彦乃以去京都学画为借口,终于获得父亲许可,来到京都,实则与梦二同居,开始了短暂幸福的一段时光。

大正六年八月,梦二与彦乃、不二彦同在石川县小住,遍游粟津温泉、金泽古城、汤涌温泉等地。

大正七年(1918)四月,梦二在京都府立图书馆举办第二次个人画展,他原本打算拿个展所得的报酬携彦乃去欧洲生活两三年。但事与愿违,当时彦乃已患肺疾。大正七年八月到九月,梦二在不二彦的陪同下去长崎旅行,彦乃随后抱病追随。长崎旅行的归途,彦乃入院养病,十月,被盛怒的父亲强行带走。二人至此分开,却成永别。其时梦二有句曰:

终日伫立石桥畔的男子啊。

这一年梦二的短诗《宵待草》由作曲家多忠亮谱曲，乐谱刊行于世，随后广为传唱，至今不衰：

  风铃草唱着黄昏的歌 被风吹啊吹
  暮色已深 没有等到的人啊 宵待草的心也哭泣
  无论想不想 我的眼泪都会落下来 还有今宵的月啊 也没有出来

这首诗关涉一段旧事。明治四十三年（1910）夏，二十七岁的梦二在避暑旅行途中结识旅店邻家住着的一位年轻小姐，叫作长谷川贤子。所有的无非是海边漫步、看着沙滩上开着月见草的黄色花朵，言谈甚欢。翌年梦二故地重游，却听闻贤子已出嫁的消息，顿觉惘然，于是有了这首《宵待草》，大抵是人面桃花的感慨。

宵待草与月见草同为柳叶菜科多年生草本植物，夏季开黄色四瓣花朵，黄昏开翌晨闭，故得此名，恰可比作短暂如夜露的恋情。至于那位贤小姐嫁的是作曲家须川政太郎，育有一子三女，不知她后来是否听过这曲《宵待草》。

再说梦二与彦乃别后，即黯然返回东京，寄住在菊富士旅馆。彦乃转入御茶水顺天堂医院，梦二想见一面，奈何彦乃父亲断然不允。

大正八年（1919）二月，梦二出版《寄山集》。他们过去通信时曾以"山""川"为代名互称，彦乃是山，梦二是川。《寄山集》后记中写：

梦二作品《宵待草》

一九一八年十二月，十二月为止，五年间，他与她的恋爱记录。

大正九年（1920）一月十六日，彦乃死去，年二十五岁。

彦乃的死令梦二遭遇重创。梦二有一枚至死都没有取下的戒指，后来发现里面刻着彦乃的名字。在梦二此后的生命中还有过几位女人参与，最为人所知的是阿叶。比梦二小二十岁的阿叶出身秋田县贫家，少年时与母亲到东京谋生，做人体模特。她与梦二生活了四年，她有时会喊梦二"爸爸"。梦二称她是"小妖精一般可爱又早熟的女性"，为她留下许多画作与相片。她曾与梦二有过一个孩子，不幸早夭。也曾尝试自杀，不过没有成功。离开梦二后，做过画家岛藤武二的模特，名作《芳蕙》画的就是她。后来她有过两段婚姻，最后嫁给一位医生，平静终老。

彦乃去世这年，梦二发表《长崎十二景》，试举数景：

一、阿片窟。所绘长春楼众妓情态，左下角有一坛玫瑰露。阿芙蓉的迷雾，倚门微笑的清国女子，丝绸衣衫的光泽与褶皱，玫瑰露的诱人香气，只有长崎才会有。长崎自古是大陆文化输入日本的窗口，江户锁国时期这里是日本唯一准许外国船舶进入的港口。这是史书里真正属于倭人的地界，东西三月行，南北五月行，东高西平，水多陆少。这里离中国实在很近，古时不过船行七日。遣隋使遣唐使多从这里出发去往大海那边的古国。此地有竹林，梅树，一川烟草，满城风絮，仿似中国的江南。还有日本其他地方很少见的喜鹊，落在六世纪的古坟之旁。不知是否是与古坟的主人一起漂洋过海而来。

二、青酒。洋食店内饮酒的妇人。紫色和服蒲公英纹样，黑色金纹腰带旖旎垂下。玻璃盅内酒液碧青,器皿中盛着柠檬。十六世纪后期长崎开港,成为面向葡萄牙的贸易港口,大量西洋文化流入长崎,天主教亦随之而来。十九世纪英国军舰追逐荷兰商船,一度侵入长崎港口。长崎的独特文化在味觉上亦创造出独特的料理。

三、十字架。梳高岛田髻的游女,着红色和服,项上有十字架,在祷告室内颓然而坐。梦二画过不少教堂祷告、手捧十字架的女性形象,忧愁而柔弱的样子。

四、领带。粉色和服黄色腰带的妇人为洋装的男人结领带。背景是大片赭色,有乱世荒城之感。

五、灯笼之流。靛蓝纹和服绿腰带的母亲牵着小儿的手,执团扇,远望着川流中的纸灯。我曾梦到过大河自远处蜿蜒而来,河川中纸灯摇摇曳曳一路逶迤,令人震撼,又有无端哀愁。

六、放风筝。草坡上许多人都牵着风筝线,风筝并不在画面中。当中立着一位盛装长袖的妇人,执伞远望,近处一位洋装男子,此二人皆无意放风筝,大约是借踏青之际外出相会。

与彦乃交往的那段时间是梦二创作丰产期。据不二彦回忆,父亲后来签名时常要附加一个数字:三十五。这是彦乃去世时梦二的实龄,他似乎要徒劳挽留逝去的时光,重新建立一个纪年规则,斯人已去,畸零人日复一日停留在这里。

5 旅人

在梦二早期作品《夏之卷》(明治四十三年[1910]四月刊行)中,画过倦吟的诗人,抱着三味线的游走艺人。他感慨"古人有很多都

梦二作品《长崎十二景"眼镜桥"》

死在旅中",对旅行的执着终其一生。

大正元年（1912）十一月到十二月,京都冈崎图书馆首度召开梦二个人画展。目录序为：

> 自故乡的山出发　为旅人的年月
> 举目远眺泪雨零星　故乡母亲的依恋
> 不,不
> 故乡妹妹的爱眷
> 不,不
> 已经消散如云烟　我昔日的悲伤　我已经消失……

此次画展大获成功,梦二准备拿这笔资金去欧美游学,不过赶上一战爆发,计划无奈搁浅。在京都举办第二次画展后,他又想与爱人彦乃同去国外旅居,奈何人事全非。时序到了昭和六年（1931）五月,梦二终于踏上欧美之旅。是年六月抵达美利坚。翌年九月十日,搭乘德国汽船远赴欧洲。十月十日到达德国汉堡,此后漫游欧洲诸地。昭和八年（1933）九月返回日本。此间所撰日记后辑录成册,为《梦二外游记》。

此前看他的画,读他诗,只看到一个多情哀愁、敏感自负的他,知道他别有一种旁人不可及的才华。知道他爱颜色,画中人金紫绛碧的裙裳;爱世上的声音,譬如大正七年（1918）十一月,在京都居住两年的梦二回到东京,给女性画家栗原玉叶的信中写道：

> 来到东京,首先最好不过的就是耳中听到东京的腔调,而

后是想听到都会街市中独特的丰富的声音。

据《梦二日记》记载,此年十一月至十二月,他在东京如饥似渴地看了歌舞伎(十一月九日,十二月十六日、二十四日),到曲艺场(十一月十日、十一日、十三日)听落语,去教堂听赞美诗(十二月十五日),急需从声音中还原对东京实感的记忆。

梦二有自己的世界,一个排他性的世界,他是主人,在世界的中心,就像盲人失去行于世间的目力,却有无比细腻敏锐的感觉。他的虚无主义在强烈的自我意识之上,并非以激烈对抗的态度否定权威权力支持下的国家机构,否定这样的社会生活与组织。他表面平静,但将自己与自己之外的一切泾渭分明地割裂开来,从而与崇尚牺牲个体的日本道德体系完全对立。所以他最自私,也最孤独。

读到《外游记》,我方与梦二真正的切近。这是他一直要走的旅途,置身远离故国孤立无援的境地,一日一日,悲哀多过喜乐。这段迟来的旅行过得并不好,他缩小又缩小的微小的愿望——想吃故乡梅干泡的白粥,惨淡的旅途,是否有人生迟暮之感?

昭和八年(1933)三月,寒冷的柏林,天空尚残余隆冬时节晦暗的色调。且录数则日记如下:

三月三日

将昨日做的人偶带去长井氏家。"雏祭的节日只是在心里而已"。买鞋。亦想购入春装。有小雨,但不冷。看到商店橱窗内的豌豆、红芜菁、藤花、小樱花、喷雪花等。

三月十日

春天来了,走在路上也觉得外套很重。一直在咳嗽,烟草的气味很不好闻,亦无法吃下东西。时常怀念有香鱼茶泡饭、梅干白粥的日本。早上喝了一回咖啡,也不想喝,茶也不好喝。巧克力、可可……首先应该喝足牛奶。一日之中不见人,亦不说话,就这样死去亦无人可知。如此真是寂寞已极。不独旅人,欧洲人也有各自的孤独。连小孩子都是寂寞的。一个人筹谋,一个人在世上,一个人艰难度日,从最初到最后。所以夫妇或情人相会相爱之时,便极为重要。细小的乐趣,细小的人情,喜悦与烦恼,这样的孤独是人间本来的面目罢。

三月十六日

青色麦田之上的风啊,总是从南方而来。"你恋爱的季节到了呢。"

四月二日

从什么时候开始,生活中看不到日本人脸的日子,心里倒很愉快。对事物的批判当中,有某种满足感。然而反省这样的生活,却是不幸的。作为对社会观、人生观、生活观的思考,环顾作为其中一部分的自己的周围,无非是一种枯寂与荒凉罢了。

归国之期将近,之前写诗感叹"如今已远离的日本女子",怀念"日本松虫夜中的啼鸣",此时梦二却开始"近乡情更怯"。在德国,梦二亲见纳粹对犹太人的焚书事件,以及种种残酷压迫。他对犹太人怀抱一种亲近与同情,日记中曾写道:"哪里还有犹太人可安身的地方?"而彼时他的祖国正走在与纳粹、法西斯国家一同将世界推向大规模动乱深渊的途中。他孜孜想念的故国是否到了这般春和景明的季节?有一段日记:

> 连翘花如今已盛开。松泽庭中的连翘已是开始散落的时节罢。樱花大概也已到了极盛之时。水色清幽的京都小金井的樱花。三千院中落满青苔石垣的如堆雪的樱花。京都醍醐洁白照眼的樱花。故乡的山樱。

暮归的旅人啊,这也许是《外游记》中最忧愁的句子。

此番远行严重耗损了梦二的健康。归国后又去了一趟台湾,身体每况愈下,所患疾病是与彦乃一样的肺结核,也是当时全世界肆虐的慢性传染病,没有特效药,只能静养或等待死亡降临。昭和九年(1934)一月,梦二入住长野县富士见疗养所。一月二十八日日记:

> 所欲之物越来越少。所欲之物越来越迫切。
> 想吃牡丹饼。

二月一日

> 这么想吃牡丹饼是怎么回事?岁末到正月每天都有吃年糕的习惯,肉体已习惯了日本的食物,特别喜欢的食物就完全成了有机的必需品。

港屋内景

二月四日

　　山形的森先生寄来了年糕，赶紧烤了吃。

　　六七月间已卧床不起，到这一年九月一日凌晨五点四十分，梦二对彻夜陪侍病榻的医护者们留下一句"谢谢"，走到人生落幕的终点。此时离他满五十周岁仅有半月之遥。

　　梦二的日本，是一个有他迷恋的自然风物与庶民人情的日本。春月樱云烂漫，相携看花。夏季着浴衣到海边看星星。七夕夜系竹纹腰带在竹林中提灯邀月。立田姬的舞袖遍染满山枫红。冬日三三两两的女孩子围着暖桌翻绘卷，或为远人写信，长长的纸卷铺在榻榻米上，沙漏不疾不徐记录流逝的时光。而质实刚健的明治时代早已远去，大正浪漫也如昙花一现、流星疾逝，陌生的昭和正在经济危机、殖民、战争、动荡的前夜。不过，梦二留下的大量图画、纹样依然活跃在今天的生活里，是大正浪漫的斑斓光影，有强大的生命力。常常可以看到街中有梦二纹样的包袱皮、手帕、浴衣，常常令人感叹梦二超越时代的审美。

　　最初看到梦二的画，大概是那幅《宵待草》，素纹和服的圆髻女子坐在一片宵待草丛中，还看不见花开，大概是在一同等待夜来。"无论想不想　我的眼泪都会落下来　还有今宵的月啊　也没有出来"。当时还在北京，赁居于一间朝西的小公寓中。每到黄昏，窗前便投下大块金色的余晖。我总在那一刻寂静辉煌的暮色中思绪涣散，仿佛能看清时光流逝的痕迹，惊心动魄。好像即将在潮水般的夕光中死去，被一种苍茫的焦灼感折磨。而北京的秋夜常常有很好的月亮，月亮升起，潮水悄然退去。如今与北京之间已隔着山海的距离，却与梦二近了许多。年初大雪之后路过高台寺，梦二当年与彦乃具体住在哪里我并不知道，然而远远看见墙内掩映的古塔，听见檐角铃铎微茫的风动，几十年来应不曾有太大变化。大雪覆盖的古都，洁净如同未曾落笔的画纸。

2011年1月21日

观花

论及俳人，昔有"东芭蕉、西鬼贯"之说，这"鬼贯"即是十七、十八世纪的俳人上岛鬼贯（1661–1738）。他写过一首俳句，译过来大约是：

若云烦恼，众生皆有之。
妆饰骸骨看花去。

这不妨从佛教的骸骨想来理解，"修行者，起不净想时，先往冢间，观不净相"。十分美丽的看花人皮囊底下也不过是白骨。竹内栖凤有一幅《观花》，即取此句之意。画中一具骷髅执宫扇作舞，足尖轻点，微微侧首。有落樱纷纷，草色初染。葛饰北斋有一幅《牡丹灯笼图》，亦画骷髅，提灯于竹林月下，是一幅幽灵画，偏重怪谈趣味。竹内栖凤大约也看过。不过他创作《观花》前曾向京都府立医院借出完整骸骨标本用于写生。故而此画极为生动，我看了也不为可怖，只觉那骷髅看花姿态十分妩媚，冉冉欲动，颇具诙谐。解剖学在日本开源甚早，于医学有利，也使同期诸多画家热衷摹画

竹内栖凤绘《观花》
(绢本着色,1898年)

人体构造。东本愿寺影堂门楼有竹内栖凤所绘《飞天舞乐图》,骨肉匀停,肌理饱满。观其草稿,飞天舞衣下身体结构清晰可见,应该也是通晓解剖学之长处。只是这幅《观花》曾在明治三十年(1897)秋日本第十届美术协会展览中落选,据说当时有审查员认为画中骸骨执宫中女扇,疑为对宫内省①暗含讽刺。也有人认为此画比裸体画更过分,竟是透过裸体直绘骸骨,不适合向大众展出。观诸栖凤一生所行,譬如从西洋各国观览博物馆归来后,时任东京美术学校校长的冈仓天心邀其去东京任教,栖凤以"东京乃国都,固可带来名誉与地位,但各种社交会减少静心作画的时间"为由婉拒,料想他作画只为作画,大概未有讽刺时政的用心。

竹内栖凤是京都人,元治元年(1864)十一月二十三日生于御池通油小路西入一间名为"龟政"的料亭。这间很小的淡水鱼料理屋就在二条城下,如今已无迹可寻。只能想象世情纷乱的幕府末年,诸藩武士聚集京都商讨国事,大概也曾在龟政店内酒酣耳热。栖凤本名恒吉,出生时父亲已三十七岁。上面只有一位姐姐,十岁的琴女。

庆应三年(1867)十月,二条城内,第十五代将军德川庆喜召集在京幕臣,于十四日向朝廷提出大政奉还的上表文书。十五日,获朝廷许可。持续两百六十余年的幕府统治结束,京都再度通过文字表述恢复日本国都的地位。次年改元明治。明治二年又迁都江户,更名东京,乃有"富国强兵、殖产兴业"之国策。一时京都人茫然若失,唯恐京都步奈良之后尘,国都风貌日渐式微,最终成为"史迹",成为书页间考古简报中聊以缅怀的所在。于是京都文艺界人士先后

---

① 明治二年(1869)以后掌管皇室事务的官厅。二战后改称宫内府。1949年改称宫内厅。

举办各种博览会，意在教化民众，变更一时之风气，令东京人甚觉不可思议——在江户人的心目中，"上方风气"一向保守、矜持。

明治四年，日本最早的博览会——京都博览会召开。在《明治新闻事典》中有如下记录：

街灯照夜
  为保护今番博览会中往来诸人之安全，三条四条五条三座大桥东西每侧各建筑两座洋风瓦斯灯台，每夜日落后日出前需点亮彩灯。可以遥想来日繁荣美丽之奇观。

又如京都之风俗（明治六年四月《京都新闻》）：

当春以来京都景况概要
  十分流行秩父缟①与长羽织。渐少带刀者。渐多窄袖衣装。梳顶髻者已无（偶有梳顶髻者必为外地人）。妇人流行梳圆髻。牛肉店②大获追捧。传统料理屋门庭清冷。相扑与剧场等亦极风行。鸭川以东诸家妓楼甚为荒凉。小学校与女红场③日益盛大。诗文、书画会等一时亦盛。养蚕制茶业同此。街衢灯火辉映，犹如不夜城。东山西嵯峨游人如织。

今日三条桥畔犹有女红场遗址。这就是竹内栖凤少年时代的京

---

① 日本埼玉县秩父地区出产的平纹粗绸，质地坚密。
② 明治时代开始流行的牛肉火锅与吃生牛肉的料理店。
③ 舞妓与艺妓学习技艺的场所。

都。明治十年（1877），栖凤母亲去世，栖凤对料亭诸事耳濡目染，父亲也着意令他继承家业。但他很小便有志习画，据说是因曾见友禅画家北村甚七醉后于料亭柜台墨绘燕子花，深受震动，"原来用墨也可以画画儿"。父亲自然不允他放弃家业，幸有琴女从中斡旋，栖凤遂得拜四条派画师土田英林为师。土田家经营一间茶叶店，恰在龟政家附近。这位土田在京都画界并无名气。如今书中所见其名，多为"竹内栖凤蒙师"之类记载。

明治十四年（1881），十八岁的栖凤改换师门，开始在幸野楳岭塾内学习，成为塾中七十余名弟子中的一位。楳岭颇欣赏其刻苦与天赋，赠雅号曰栖凤。

幸野楳岭为四条派名画家。四条派为日本画界一大流派。自江户时代中期始，以吴春（松村月溪）为祖，渐成京都画坛一大门阀。吴春先从与谢芜村习南画，后从圆山应举学习写生，与上田秋成等人交游甚密。所谓南画即文人画，师法中国南宗画。明末禅僧逸然性融为避世乱亡走日本，滞留长崎廿四载。一六五四年，敦请明僧隐元隆琦来日，于京都建黄檗山万福寺，兴日本文人仰慕明清书画之风习。其时德川幕府尊崇儒学，乃有全国热衷汉学、倾心明清画派之潮流。自与谢芜村之后，京都大阪南画高手辈出。十八世纪中期，兰学兴盛。由长崎流入的自然科学类书籍中的插画引起画家们的兴趣。又兼清朝画家沈南苹于长崎提倡明清院体花鸟。两者均以写生为基础，与文人画所崇写意、气韵生动之旨很不同。将此二者结合的便是后来开创圆山派的圆山应举。应举本为普通画工，一度有志于本草学，临摹过不少动植物标本，我所见过的是《百蝶图》，工整细腻，纤毫毕现。应举以写生为基础，取材日本传统画题，后来常为神社寺庙绘制大幅屏风画,门人众多。吴春又将南画之抒情趣味与圆山派之写实风格相容,颇成气候。因其一门皆住在京都四条附近,世称"四条派"。后世将两者并称"圆山四条派"。幸野楳岭九岁即入圆山派门下,此后凡二十余年,又入四条派之门。明治十三年京都府画校聘请楳岭担任教职,所授为"北宗画"。校内有"东南西北"四宗学科。东宗为大和绘(土佐派,圆山派等),西宗为西洋画,南宗为文人画,北宗为唐绘汉画(雪舟派,狩野派等)。可见楳岭于画艺方面大抵不拘门别。所以初入门的栖凤落笔非楳岭流之笔意,按时俗应属师门大忌,楳岭却云"无妨,以后亦可成栖凤流",并将栖凤荐至京都府画校任助教授。

有赖长姊琴女悉心照拂,栖凤乃得潜心习绘。琴女继承料理店事务,终生未嫁。栖凤后来写过:

> 那时我常在二楼一间屋子里苦学绘画……每到吃饭的钟点,阿姊必会端来饭食。时常,我专心作画之时,会听到隔扇外阿姊"咔嗒"一声,轻轻放下餐盘的响动。(《栖凤闲话》序稿)

栖凤长子竹内逸幼年亦得到这位姑母的照料,后来回忆起来的种种都很温馨。譬如有一节,讲正月里一起出门买木屐,黄昏时姑母在锅里煮下许多鱼骨头。并说,虽然客人们吃的鱼料理都精致美观,但真正好吃的独独只有这带着骨头的部分呢。又云每月末姑母会在光线黯淡的梯子内堆积海带。听见她手里摇着细细的铃铛,传来清幽寂寞的声响。

栖凤与楳岭师徒情谊甚厚。明治十八年(1885)二十二岁春天,栖凤随楳岭旅行至东京、北越。楳岭走在前面，随从大半在后，楳岭每每高举烟管示意栖凤装烟。在东京，楳岭每夜酒筵，更深归来，栖凤必然相陪。此番出行一路饱览山川风物，写生颇多。

明治二十二年（1889）八月，栖凤与经营西阵织的高山家之长女奈美结婚，婚后迁出龟政家。又独自往奈良、吉野、十津川、熊野、和歌山，徒步写生，署名为"旅人栖凤"。

明治二十八年（1895）二月，楳岭去世。在楳岭门下习画近两年的上村松园转投栖凤门下。这一年上村松园二十岁，于京都画坛初露头角。

明治三十二年（1899），巴黎世博会召开，次年再度召开。栖凤自京都出发，在神户港乘"丹波丸"去往欧洲。旅中栖凤多有写生作品，并经过香港。后来栖凤说：

> 最初在香港停泊。白绿相间的人力车轮。帐幔为白色，轿子，船帆，船身，色彩各异。船头是晕染着龙形彩色纹样的配色，这是深具中国风致的颜色。

从中可见画家对颜色之敏感，也很有趣。此番赴欧之旅，栖凤辗转法国、英国、荷兰、比利时、德国、奥地利、意大利诸国，观览各地美术馆，留下大量写生作品。明治三十四年（1901）归国，再度进入丰产期。并提倡日本画之改良，其观点共四条，录之如下：

一、若论日本画改良，首先须论日本绘画与实物相差甚远。应重视实物之"形"。故了解人体解剖十分必要。此外花鸟动

竹内栖凤绘
《舞妓作〈山姥〉舞》
(绢本着色,1909 年)

物之写生亦须加强。

二、日本画中不讲究光线运用。不单是最近一些画中所取的一角微光。"西洋空气尤为浓厚，远近极为分明。回到日本后所见空气薄明，光线之类亦应找到与日本风貌相契的合适程度"，要的是这样全面表现光线的效果。然而现在仍是探索时期。

三、色彩方面须更重功夫。必须改良日本绘具。水墨画须得继承。然水墨画于速写方面常有疏漏，须多加注意。

四、奥地利的脱离派①，构思潇洒，日本人亦应尝试。这在欧洲已是一种普通艺术手法。

欧洲之旅使栖凤画意至于新境。随后创作的《狮子》又为画坛一大盛事。历来日本传统画中与狮子有关的题材无非舞狮，而栖凤此画纯为写实，大有西方绘画的风格。其时日人多半未曾见过真狮，见到此画，十分惊叹。又有一幅《威尼斯之月》，雾气缥缈，圆月半隐于云层，月下城堡俨然，水中船只帆影，极富层次。以传统水墨笔法加之西洋油画透视技法，纸上烟水无边。

明治三十七年（1904），栖凤三女千枝夭亡。明治三十九年（1906）二月六日，琴女过世，年五十三岁。栖凤极为悲痛。翌明治四十年，三岁的四女百合因侍女照看不周亦夭折。入殓之际，栖凤有句云：

田野泥土翻落，可怜的小芋头啊。

---

① 19世纪末以维也纳为中心兴起的新艺术运动；以直线为主体，于细部留有曲线装饰。

与小林一茶的露水之叹相若，十分黯淡凄凉。

欧洲之旅为栖凤之画作打开一种新境界，若说栖凤与同代京都画坛之作品最大的不同，或许是"气象"。庭园泉石的京都美则美矣，毕竟有些小巧。栖凤因见过远山大河，故而笔下烟水邈远开阔。大正八年（1919）春，栖凤计划去中国。其中一个原因是栖凤素来对塔情有独钟，晚年于八坂法观寺五重塔附近构筑新宅，亦有《中国与塔》之文。是年五月六日，栖凤长女阿圆嫁入吴服商人伊藤家。栖凤耗时耗力创作大幅洒金青松图，婚礼极尽奢华。次年四月末，五十七岁的栖凤自神户出港，踏上中国之旅。五月二日抵上海。在上海银行预支两万日元，准备大量购入古董书画。而其时内阁总理大臣的月收入亦不过一千日元而已。

五月九日，游览西湖。十六日，至苏州。游开元寺，沧浪亭，留园。最后过寒山寺。二十二日到南京。翌日游览鼓楼，北极阁，栖霞寺，明孝陵。二十四日寻访明故宫遗址。二十五日乘舟去镇江。于江上遥望昔年雪舟所绘之金山寺。二十六日至宜昌。二十七日泊九江，远眺庐山。栖凤感慨"较之比良山壮阔不知几许"。比良山脉位于滋贺西部、琵琶湖西岸，有比良暮雪之景。我曾在琵琶湖畔远望比良山，山峦线条柔和，春日满山樱花，秋来层林尽染，风景亦佳。二十八日栖凤到汉口。五月三十日北上。六月一日访龙门石窟。六月二日至北京扶桑馆。四日游万寿山。其后数日悉在琉璃厂寻访书画旧物。竹内逸回忆录云：

苏杭二州之小桥流水，古寺古城之荒烟蔓草，扬子江之舟中，南北二京街头巷陌，（父亲）所至之处必落笔写生。那大抵是他一生中最为幸福的岁月。

翌大正十年（1921）春夏之间三月余，栖凤与长子竹内逸并门人共五人再访中国。过黄河故道，观大同云冈石窟。此番旅中偶遇芥川龙之介，同船共宿，言谈甚欢。查之芥川龙之介行程，可知是年三月底至七月中旬他于中国南北各地游历城市十余处。归国后创作《竹林中》《六宫公主》等中国题材小说。并完成《上海游记》《江南游记》《长江游记》《北京日记抄》，合辑为《中国游记》。他对北京极为留恋，"北京不愧为王城之地。在此地住上两三年也无妨"（1921年6月14日致冈荣一郎）。"来北京三日已对此地迷恋不已。我若不能在东京居住，能在北京亦属得偿所愿。昨夜于三庆园听戏归途经过前门，一轮上弦月悬于门上，景色妙不可言。与北京之壮观相较，上海则如若蛮市"（1921年6月21日致室生犀星）。这与栖凤对中国的情绪颇有相通之处。尽管他们对乱世之中的古老帝国均感失望与不满，但与昭和十六年（1941）上村松园中国旅行时之心情全然不同。上村松园作为帝国艺术院会员去中国进行所谓慰问旅行，游历苏杭沪上。日记中对中国之印象为"气味恶劣""恐怖""恶臭"①。其师栖凤心心念念的镇江金山寺在她笔下亦不过"真是一座很大的寺庙"一句而已。纪行中对中国唯一赞美的，是"汪精卫阁下"接待他们的屋子。内有"黄白二色菊花，极为清香。六曲屏风出自日本画家之笔"。松园作美人画，对衣裳、发饰、化妆极为讲究。近日京都近代国立美术馆有上村松园画展，亲见其画作并写

---

① 出自《青眉抄》，上村松园著，六合书院昭和十八年初版。

竹内栖凤绘《散华》

生稿，一丝一发，一梳一簪，眉样唇形，衣装纹样，皆细腻无比。亦有中国题材的美人画，然而除却有名的《杨贵妃》，其余皆不足道，设色过于鲜艳，妆饰模棱两可。

栖凤的中国纪行中则有：

> 余自学习日本画以来，未满足于点与线之描画。笔端一点墨液，可为鸟，可为木叶，可为青苔，可为人物。中国称此为点景人物。实在有趣。点景人物必与自然相融相亲。自从中国旅行后，亲见中国之风光，不免也想尝试一番。

栖凤有关中国的写生，如今藏于京都市美术馆。此番上村松园画展中我亦见到栖凤一幅《南中国风色》，以水墨淡彩描绘江南水乡流水人家之风貌，桥上蓝衫行人赶着猪群，桥下春水漾漾，青黛白墙，门前竹竿晾晒衣裳，水上有人撑船，笔触清丽。

又有一幅《潮来小暑》。所绘乃日本茨城县东南部霞浦南处水乡潮来町之景，层林茅舍，流水小舟，耕牛农人，颇有江南水乡的意趣。在栖凤所作文章《潮来风景》(《文艺春秋》1932年4月) 中有云：

> 由来之日本画，因装饰于凹间①的缘故，故多细长条幅之作。论及风景，或是山岳重叠之作品，或以东洋画特有之远近法所绘之细长作品为多。然而我更想描绘的是横幅画，想表现

---

① 即床之间，和室角落内凹之空间，主要由床柱、床框构成，通常内置挂轴、插花等。

那种感兴,即经现代人之眼所望见的平原风光。因此我的风景画里以横幅居多。较之山岳重叠,也是平原为多。多的或是原野,或是海边,或是水乡。我想自由地去画我想画的。

近年我对风景画的材料觉得感兴趣的地方,是水乡潮来的出岛。我去过潮来三次。这一次待了相当长一段时间。寻常旅人去了鹿岛香取,再看利根川和霞浦之间的潮来,大概只觉得那是广阔、平凡甚至无聊的水村风景,但作为画家的我,在那水乡乘船,细致入微地游赏,所到之处皆深富画趣,令人不知餍足。漫步在饶富画趣的地方,是画家最大的幸福。潮来的鲤鱼鳞片也如甲胄一般,十分饱满,非常美味。

潮来出岛与中国扬州颇有相通之处。扬州在镇江对岸,隔着扬子江,河幅三里。这一带是长江沿岸的江南平野,对岸有瓜洲。从这瓜洲,可以溯至昔日隋炀帝开凿的、连接中国南北运输的运河。这便是扬州。是动荡不宁的中国深富画趣的寂静水乡,可称之为仙境。杨柳,碧草,农家,水流。扬州有二十四桥,潮来有十二桥,潮来的十二桥也是中国风格的木栏杆。而且扬州与潮来都是女船夫,她们的丈夫都是农夫……不过潮来不是杨柳,而是白杨。这也可以感受到别样新鲜的画趣。水乡平原上,风吹白杨,十分有趣。

我连日乘舟,膝上放着写生本,闲游潮来的水路。

……潮来的黄昏,望着明月,穿过芦苇荡……如此风景,是全然的中国情绪,或云为中国画之意境。如果此刻耳中可闻笛音,那么这便不是日本,这是中国。

温情脉脉，几可作一篇《怀扬州》，也足可见栖凤对风景画的审美取向。想到松园写过一篇《扬州料理》（收入《青眉抄》），未有一字言及扬州风景。倒是写过一笔扬州女性的发髻，说中国女性流行洋风发型，年轻姑娘无不烫头发，她非常想画"纯中国风的女性"，偶尔见到"纯中国风的中年妇女"，也幸运地找到一位，给她画了写生。这也颇符松园作美人画所关心的物事。我最初因为松园温柔优美的美人画而对她多有留意，后来又觉得一味以传统技法描摹美人有些无趣。然而松园在从艺的道路上走得如此不易，年轻时受尽同行男性画家的打压，又遭遇老师侵犯（传说是她的第一位老师、画坛耆老铃木松年），并产下一子，饱尝诽谤与攻击。她独自抚养儿子，并将他也培育成画家，一生都缄口不提孩子的父亲是谁。

昭和六年（1931），栖凤患肺炎，身体病弱，这段时间留下了许多动物小品。栖凤擅绘鱼，"好像可以闻见纸上的鱼腥气"，大约与他出身料亭世家、自小见惯各种鱼类不无关系。西芳寺所藏昭和十六年（1941）栖凤作《秋雨之池》，为残荷折梗，其上分立雀鸟两只，"留得枯荷听雨声"。而画中之意不觉悲哀，那雀儿色彩斑斓，高立的一只引吭长鸣，虽然这样小，却生趣盎然。栖凤晚年身处战争年代，作为日本著名传统画家，当然也免不了为国家创作的宿命。因此会有《拜宫城》（1942）一类的作品，据说是受陆军省之命，用来作送给军人的各种物品上的纹样。如果不知创作背景，也仅觉得画境恬淡平和而已。但考虑到这样的背景，又觉得应政府要求而从事命题创作的传统画家毫无批判精神。这些优美的画作，在"国家精神总动员"时期作奖赏军人之用，不能不说是强烈的对比与讽刺。

一九四二年八月二十三日晨，栖凤因肺病辞世，年七十九。竹内逸回忆录中云"父亲临终前手仍默画不已,只是已不能言声",后葬于洛东黑谷金戒光明寺中。合葬者除却发妻奈美外,还有长姊琴女。栖凤门人众多,名气最大者如上村松园、西山翠嶂、西村五云、土田麦仙,都是京都画坛的重要人物,在京都各大美术馆常常能见到他们的作品。金戒光明寺就在真如堂之侧,日常散步常过此处,春樱秋叶,幽深静谧。这是栖凤为画家的一生。栖凤所绘不论远景江山抑或蔬果小品、狐猫鼠蛙,都有清静之气。当初料亭中因见友禅画师醉后泼墨而动心学画的少年,应该没有料到自己日后所获的种种殊荣,也没有想过自己会见到那些广阔的山川。

2010 年 12 月 8 日

镜花

1

明治六年（1873）十一月四日，住在金泽城东北、浅野川畔下新町的雕金师泉清次迎来了长子的诞生，起名镜太郎。明治十五年（1882）十二月二十四日，镜花的母亲阿铃因生产而去世。明治二十年（1887）五月，十五岁的镜太郎从一间教会学校（北陆英和学校）退学，预备考金泽专门学校（金泽大学前身）。他在教会学校念了三年书，英文底子很好。然而数学就很糟糕。考学失败后留在一间私塾里帮忙教英语。这段时间开始接触泷泽马琴的读本与坪内逍遥的小说。明治二十二年（1889），他偶然读到尾崎红叶的一篇小说，极受启发。在他后来的年谱中有这样一段：

明治二十二年四月，于友人寄宿处始读红叶先生之《二位比丘尼之色情忏悔》。庭中桃樱初华，邻家织机梭音有如鼓声。这段记忆无法忘却。

遂对尾崎红叶怀抱仰慕之心，也有了作小说的心愿。

明治二十三年（1890）十月末，镜太郎怀着这样的心愿去往东京，借住同乡友人的宿舍。然而世事动荡，又赶上拖欠房租的麻烦，此后一年多方辗转，迁居十余次，无论如何没有勇气拜会尾崎红叶。到次年夏天，穷到只剩单衣一件。

明治二十四年（1891）十月十九日，这位将满十八周岁的镜太郎已穷困潦倒，动了返乡的念头。于是想留下归乡前的最后纪念，终于鼓起勇气叩开尾崎红叶在牛込寺町的家门。

当时尾崎红叶二十三周岁，春天刚娶了夫人喜久，风华正盛。他成立的砚友社是日本近代第一个文学团体，当时已颇具规模。也许是惜才，也许是同样年轻，也许是想为砚友社壮大门户，红叶收留了镜太郎，并当即在纸上写下"镜花"二字，从此世上便有了泉镜花这样一个名字。

次日，泉镜花即入红叶门。说是入门，其实是当守门人，做的也只是洒扫收拾、誊抄文稿一类杂事，每月领五十钱。镜花已经很满足。当初松尾芭蕉的门人也很辛苦，日常侍奉老师饮食起居，老师的屋子烧了要筹资重建。老师远行到某处，某处的弟子要把私宅奉献给老师居住，这都是门人分内之事。

2

明治二十五年（1892）十一月十日，镜花在金泽的故家旧宅毁于一场大火，全家人都暂时寄住在祖母的老家。镜花匆匆返乡探望，年末时又在大雪中回到东京。次年，镜花又因脚气病归乡静养。就在这一年，父亲清次郎打算续弦，镜花也很期待。但这年冬天，清次郎突然病倒，次年一月九日就病故了。泉镜花再度返乡，家中唯余老祖母与幼弟，两位同胞妹妹早已过继别家。镜花立在金泽护城河畔，深觉前途暗淡，乃有向死之心。于是当时所写的《钟声夜半录》中满篇都是此种绝望。老师红叶读后，致书痛斥"尔心弱如麻秆"，又痛惜"汝之头脑乃金刚石也。金刚石者，天下至宝也。汝既藏天下至宝，岂非天下之大富人哉""既是天下大富人，为何不求不老不死之药，以延其寿"。并随信寄上三元钱。

镜花确实没有自杀，重又回到东京。红叶对他可谓尽力扶持，为镜花的习作增删润色，也推介给报刊杂志。砚友社最初作品多是仿江户时期戏作风格，强调趣味与情节。后来有人将其与我们的鸳鸯蝴蝶派比较。譬如两者都追求复古，重商业宣传。譬如红叶曾说"小说以眼泪为主旨"，鸳蝴派大家徐枕亚的小说也被称作"眼泪鼻涕小说"。且日后砚友社与鸳蝴派都转向社会小说的创作。评论家石桥忍月云红叶之作"在短篇里描写了大量的'哀'与'爱'，他能写出哀中之爱，爱中之哀"。而周瘦鹃亦云"万种伤心徒为一个'情'字"。镜花最初的作品在《京都日出新闻》上连载，很不受欢迎，读者要求停止连载。亏有老师帮忙与报社打交道，才勉强刊完全篇。后来在《读卖新闻》连载《义血侠血》，也是老师亲自修改。这是一个悲情故事，女子为供爱人读书抢钱杀人、嫁祸栽赃，后与爱人在法庭相见。代理检察官身份的爱人要她如实招供，她彻底坦白，依法处死。而他也随即自杀。

殉情是镜花小说中的人们选择最多的一种方式。相爱而不能相守，世俗礼法拘束，最终都指向死亡一途，如《汤岛诣》《琵琶传》《外科室》。而死往往只是轻描淡写的一笔。《外科室》中,"他们二人是在同一天先后去世的,只不过分别埋葬在青山的墓地和谷中的墓地而已"。《汤岛诣》中,"当时两个人是搂抱着的,在大川里却分开了"。就这样一句,前面的是,"这时,两个人一道坐在车上,蝶吉横着身子,乌发披散到挡泥板上。梓把自己的双颊贴在她那仰起的脸上"。夜行山道中紧紧依偎的两个人,凄惶又温存。上一秒还听得见人力车叮叮当当的铃声,想象得出蝶吉脸颊的温度,为这穷途末路的二人忧心如何去走这漆墨一般的路途,下一秒他们就坠在大川里死去了。

3

《汤岛诣》是我很喜欢的一个小说,虽然读的是译文,却依然能感受到镜花文字温柔深沉之美。他写神月梓与艺妓蝶吉的恋爱。梓出身贫寒,母亲姊妹辛苦供他读书。因他相貌俊美,学问很好,做了子爵家的上门女婿。妻子是留学法国的贵族小姐,与梓甚为不睦。梓与蝶吉相爱,蝶吉对梓十分痴情。而梓因身份地位所拘,一直犹豫是否要为蝶吉赎身。后来二人情死。镜花文字的美是古典的,一种无法说清的凄清与恍惚。

"话音未落,从这座高高的砖造宿舍的二楼笔直地垂下去的铁质落水管响起来了。深沟里冒出一团白乎乎的水蒸气。室内越来越暖和,朦朦胧胧的玻璃窗却使人感到傍晚该是冷得彻骨。"

"她腰上系的是昼夜带,正面是深蓝地彩缎,用金线织出乱菊花样，反面是黑缎。瀑布条纹绉绸和服，下摆为褐色。套穿两件同样的和服，里面是印染了红叶和轮形花纹的友禅长衫，衬的大红里子。还有一条黑地染白色铃兰的挂领。刚刚洗过的扁岛田髻蓬蓬松松，横贯一枚金簪。直径足有五分的红珊瑚稍稍露在外面。她双目明亮，眉眼清秀。"

"于是，他们两人就分手，沿着铺石走了。那些栖在匾额堂的檐儿，神社的飞檐，鸟居底下以及净手间屋顶上的鸽子，东一处，西一处，不停地叫着。其中两三只从他们之间轻轻地飞来飞去。四下里阒无人迹。远远传来卖豆豉的叫声——这是两年多前的事，而今夜，两人又在歌枕幽会了。"

"今晚您的声音无比清澈明亮。如白莲花上滚动的露珠，或是小溪流水照映明月。令我凄楚寂寥。"

"她梦见自己拎着三枝含苞待放的菖蒲花，站在暗处。周围亮了，太阳出来了。在金色阳光的照拂下，三朵花一下子全开了。"

这个小说于明治三十二年（1899）十一月由春阳堂出版单行本。而这年一月，在砚友社新年会上，镜花遇到了一位与亡母同名的姑娘，艺妓桃太郎，本名伊藤铃。这年镜花二十七岁，铃女十八岁。《汤岛诣》是为铃女所作。镜花与铃女彼此生情。见过铃女年轻时的照片，梳岛田髻，长簪尾部的珊瑚珠露在鬓边。弯眉秀目，眼帘低垂。不妨经由《汤岛诣》中有关蝶吉的文字去想象铃女少年的风姿。只是他们开始并不能在一起。原因大致有二：一则镜花没有足够的银钱为铃女赎身；二则老师红叶不许弟子与艺妓有过多瓜葛，虽然他自己当时也供养了一位艺妓。当然，红叶的考虑不乏善意，毕竟当时镜花完全没有花在艺妓身上的钱财，更不用说赎身这样的事。

铃女的母亲是京都商贾之女，与土佐藩的浪人相识，生下铃女。后来浪人死去，母亲从艺，又嫁给商人作妾。铃女六岁时商人破产，母亲将她卖到艺妓屋当雏妓，开始漫长艰苦的学艺生涯。宫尾登美子有一本《阳晖楼》，讲的也是艺妓生活，可作参照。据说铃女当时所在的艺妓屋莺永乐的女主人荣吉的庇护人是早稻田大学政治学教授大森俊治。当时艺妓都要找"相公"，由其供给艺妓吃穿用度、维持艺妓屋的正常营业。铃女的三味线师从清元流，舞蹈师从花柳流，都是极负盛名、流传至今的派别。如今花柳流是日本舞踊最大的流派。艺妓学艺最讲究门派，顶着某某流的头衔，是一种身份象征。故而当时名气大的流派选弟子也极严苛。据铃女花街旧友鹤女回忆，桃太郎舞艺精湛，善饮，为人矜傲，这与蝶吉的性情也相合（村松定孝《泉镜花研究》）。

据镜花门人寺木定芳回忆，当时镜花对老师直言不讳云"我中意的女子已出现，请允许我们结婚"，老师很生气。又有推测说当时红叶供养的那位艺妓向红叶进谗言曰桃太郎如何不好云云。都是讲不清的事。不过，在镜花小说《妇系图》中有一位以红叶为原型的酒井老师，酒井供养的艺妓小芳对男女主人公的恋情多有微词。这段情节或可为参考。

明治三十五年（1902）七月至九月，镜花因肠胃病至逗子樱山避暑疗养，铃女每周过去探望两日，照顾其饮食起居。红叶偶然看到庭中晾晒的女子内裙，问镜花那是谁的。镜花胡乱答了一个下女的名字。红叶震怒，说那并非良家女子的衣物，必是艺妓无疑。

小村雪岱设计的"镜花本"

明治三十六年（1903）三月，镜花搬家。五月与铃女同居，但并未对外公开关系。铃女也尚未赎身，还继续在艺妓屋内工作还债。

明治三十六年十月三十日，尾崎红叶病故。至此，镜花与他有十二年的师生之谊。

明治三十九年（1906）七月，铃女从良落籍。当时娶艺妓为妻者不在少数，譬如谷崎润一郎与佐藤春夫的让妻公案，那位妻子也是艺妓出身。只是他们的经历未免过于跌宕。镜花与铃女拥有明治以来文坛中非常罕见的圆满婚姻，他们后来一直平静生活在一起，直到镜花先铃女病故。如果算上他们正式结婚前隐蔽同居的日子，他们共同度过了三十七年的岁月。

镜花小说中对女性的描绘，充满赞美与迷恋。他写春昼的流水，雪中白色桔梗，月下的山峦，覆雪的山川，萤虫的飞舞，时雨的提灯，绣有藤花的丝绢，水畔的紫阳花与棣棠。那些女性就在其中，无望的爱情也在其中。看到这些，会无端想到李贺的"幽兰露，如啼眼"，都是美丽又哀愁。老师去世后，镜花度过了一段贫穷无名的时期。当时自然派文学风潮正盛，砚友社门庭冷落。抱病的镜花住在逗子，居所漏雨，秋来满庭寒霜，芦花四散。此间创作的《春昼》中写到有人吟诵李长吉的《宫娃歌》："蜡光高悬照纱空，花房夜捣红守宫。"当时镜花确也爱读李贺诗。他后来的小说，如《高野圣僧》《隐眉之灵》这堪称最高杰作的两篇都是怪谈，却不是狰狞式的恐怖。"可以感到主人公在你耳边轻吐气息"（作家中上纪语），就是这样的喟叹之感。一如《隐眉之灵》结尾那句"相公，相公，相公，提灯，去那儿，那，那个，从浴场的桥那边……啊，啊，相公，从对面过来，是我来了，我和一样的男人过来了。呀，旁边是阿艳啊"。

4

镜花生性敏感胆怯,畏惧火灾,怕打雷,怕狗,有严重洁癖。他自己也写:"我很怯懦。因此可能在卫生方面有问题的鱼店我是从来不去吃的。"(《刈麻录》,1926年)"我有极怪的癖好。如果不是在我眼前煮沸的热水,我总担心有什么不干净的东西落进去,极为不安。"(《热茶》,1927年)所有食器均要亲手在沸水内消毒。酒也必要煮热才饮。更有符号上的洁癖——将"豆腐"写作"豆付",因避忌"腐"字。他收集了许多有关驱赶雷声的守护符。据说婚后每逢打雷,都要被妻子揽在怀中细细抚慰。

这位与亡母同名的女子,大概也满足了镜花的恋母情结。

他一生都在写情爱,那些或灵或鬼的女子,水月镜花一般。回顾他一生之中的女性,除却妻子,影响他最多的就是母亲。

他的母亲中田铃出身大鼓艺人世家,父亲是能乐师,原本在江户任职。庆应四年(1868)夏,幕府大政奉还,中田一家移居金泽,受到泉家很多照顾,而泉家也很喜爱中田家这位自小生在江户的女孩阿铃。两家结亲当日,清次的母亲还特意梳了江户风的发髻。在书里见过一张图片,是清次赠送给妻子的双足镂花银簪,十分精致。

金泽山水清美,浅野川自卯辰山前奔流而过。金泽人崇佛,寺庙极多。素有小京都之称。我有一位师姐是金泽人,日常总会想念金泽的风物:"山中云气渺渺,夏天全无暑气,冬天积雪极美。"童年时的镜花在母亲身边读过不少绘卷。明治十五年(1882)十二月三日,母亲产下次女八重。二十一天后,二十九岁的母亲死于痘疮之症,葬于卯辰山。这一年镜花十岁。

母亲死后,镜花的两位妹妹——包括襁褓中的八重,都过继到别家当养女。后来清次续弦,但很快离婚,因为与镜花相处不善。

明治十七年(1884),父亲领他到卯辰山中的善妙寺,寺中有摩耶夫人塑像。摩耶夫人是释迦牟尼的生母。佛陀出生七日后,摩耶便往生而去。多年后佛陀涅槃,摩耶灵魂从天而降,在棺木前悲泣。释迦牟尼为母留下五句偈语:世间空苦,诸行无常,是生灭法,生灭灭已,寂灭为乐。

善妙寺的摩耶夫人宝相端庄,眉目慈祥。镜花写过:"绫缎屏风掩映中,跪着幼年的我。高高的塑像,鬓发艳丽光辉,不经意一窥,忍不住拜倒。长眉,朱唇,清露一般的目光。璎珞珠中只有洁白的胸脯,幽寂之中静静安抚我。高贵,温柔,智慧,美丽的姿容,总是映在我眼中。"后来又写:"是母亲,还是摩耶夫人,我已不知。是梦吗,不知道,也许是前世。"

少年时期的镜花曾迷恋过邻家钟表商的女儿汤浅茂。村松定孝在镜花去世后曾到金泽拜访这位年已七十岁的茂女,只是茂女本人并不知自己曾做过镜花小说中主人公的原型。村松定孝将小说里的情节讲给茂女听,茂女且笑且叹。在书中见过茂女年轻时的照片,眉目清秀,"小小的嘴唇,细细的眉眼","细眉如雨中隐约的云霞"。

这是镜花对女性之美想象的源头。金泽的山水,金泽的街衢,金泽的佛殿,金泽的云气,金泽的女子。

5

从明治到大正到昭和,镜花经历了三个时代。后来的作家们,永井荷风,芥川龙之介,川端康成,或多或少都受过他的影响。他文中的气息,幽美、清寂、凉润、温存,与平安时期的女流文学一脉相承,悲哀都不是彻底的,隔着纸障递来盛着夕颜花的团扇,是《隐眉之灵》结尾开在雪里的影影绰绰的白色桔梗。

镜花交游颇广。比他大一岁的樋口一叶也与他有过书信之谊。明治二十九年(1896)八月,镜花写明信片给樋口一叶,关心她的肺病,并告诉她自己身边的情况:"关在门外的大猫和关在里面的三只小猫整夜整夜喵喵叫。"当年十一月,二十四周岁的一叶病逝。

他与志贺直哉的相识,是在大正二年(1913)的美术展览会上。志贺直哉在日记中写,"我年轻时为泉先生的作品倾倒"。他们做了几十年的朋友。老来都是多病身,镜花先过世,志贺直哉在给友人的信中写,"泉先生去世后,我不知为何有一种无法言说的孤寂"。

明治三十一年(1898),镜花寄住在东京大学的同乡友人处,与民俗学家柳田国男相识。"从窗户里跳进屋来",这是镜花对柳田国男最初的印象。镜花执迷于怪谈故事,这也是民俗学范畴内的题目。后来柳田国男的《远野物语》对镜花亦多有影响。柳田评镜花,有"超越时代"之赞语。

大正十三年(1924)三月,镜花预备出版作品全集。参与编辑者有水上泷太郎、谷崎润一郎、芥川龙之介等。大正十四年(1925),全集各卷渐次面世。这年末,众人为他补办了一场耽误太久的正式婚礼,并于次年正月登报公示。昭和二年(1927)七月,全集最终卷亦上市。此月二十四日,芥川龙之介自杀。月余前他们刚刚见过面,在一起讨论河童的传说。《东京日日新闻》采访惊闻此讯的镜花,他十分悲痛,云"这难道不是梦么"。芥川龙之介算得上镜花的知己,曾撰文曰:"……行文笔致兼备绚烂与苍古,几乎可以说是日本语所能达到的最高的表现……《镜花全集》不仅是明治大正文艺,而且是整个日本文艺所建造的巍峨的金字塔……为近代日本文艺史留下了最光彩陆离的一页。"镜花在芥川葬礼上以前辈作家代表的身份致悼词,说芥川是"玲珑,透明"的人,能照见名玉山海,"倏忽巨星在天,光曳翰林,永久不消"。

镜花初识谷崎润一郎,是明治四十五年(1912)一月的文艺家新年宴会上。谷崎比镜花小十三岁。后来谷崎的长女鲇子与佐藤春夫的侄子竹田龙儿结婚,是镜花说合的姻缘。

镜花还有两位交情深厚的画家朋友。一位是镝木清方,一位是小村雪岱。他们为镜花许多册小说作插图、设计装帧,如今这些版本已很难得。昭和十四年(1939)九月七日午后,镜花死于肺病。枕边手帖上留下一首铅笔书写的俳句:

露草啊红蓼,令人眷恋。

后来小村雪岱作了一幅画,绘的就是露草与蓼花。镜花的墓地也是小村雪岱设计。墓碑周围种植绣球、山茶、茶梅、花楸树等,都是镜花生前喜爱的植物。他与妻子一生无子,庭中设置雀台,撒谷物招引雀儿,以此为乐。他晚年洁癖益重,所谓"细菌恐惧症",不吃一切生食,除了妻子削的苹果——削下的皮是长长的一条,手指不会触碰果肉。镜花就捏着这只苹果缓缓地、开心地吃完。当然,手捏的部分是不会吃的。见过铃女四十四岁时在自家玄关口扶门掩襟的照片。素服素面,双颊清瘦,已很难同当年丰颐妙目的小姑娘联系起来。镜花死后,铃女将丈夫生前使用的钱包供在佛前,每有需要,都要说一句"我要用啦"。昭和二十五年(1950)一月,铃女死去。

  读镜花的文章,模糊想象,这大概是个可爱忧郁的人。忧郁是真的,可爱——很难讲,如果他喜欢兔子算一条的话。镜花一生收集了许多兔子样的用品。砚滴、摆件、玩物,很多很多兔子。据养女泉名月说,镜花肖鸡,往后数七个生肖即是兔。小时候母亲说兔是他的守护神,给过他一对水晶小兔。镜花喜欢兔子,也是因为怀恋母亲。他也很迷恋黄昏幽黯的氛围。"由昼转夜刹那的世界,由光转暗的刹那分界,那里是黄昏的世界。黄昏也不黑暗,也不明亮,也不是光与暗的混合。我认为,从光明进入黑暗,从白天进入黑夜,在那瞬间里,一种特别的、实在的、微妙的色彩世界,正是黄昏……我相信,在接近日暮与清晨的两极之外,的确还存在着一种特别的中间世界。我想向世人分享这种黄昏的趣味、黎明的趣味。"(《黄昏之味》,1908年3月)他曾搬过一次家,因为觉得居所被阳光直射,光线太亮。有一张泉镜花晚年伏案写作的照片。看背影很干枯,患肺病,炭盆寒灰雪白,屋子光线昏暗,大概就是黄昏,他的鼻尖都要凑到纸上去了。这与谷崎润一郎的《阴翳礼赞》又是同出一途。

2010 年 12 月 19 日

玄期有限，今将去矣

去年岁末，去影院看了高畑勋的《辉夜姬物语》，如坠梦中，念念不忘。据说，五十多年前，高畑刚进东映动画时，内田吐梦就想拍摄《竹取物语》，但最终搁浅，而今高畑终于交出了作业。影片画面大片留白，线条保留了铅笔稿拙朴生动的姿态，与早年中国惊鸿一瞥的水墨动画似有某种相通的情趣。奈良美智形容："看的过程一直感到湿度，这反映了日本独特的气候，唤醒我孩提时代的记忆。"高畑则表示："跃动、未经雕琢的线条，有'未完稿'的感觉，给人许多想象空间，可唤醒想象力与记忆。"他东大的师兄、著名日本美术史学家辻惟雄则热情赞美影片"完全是绘卷一样"。

早在十五年前，高畑就写过一本《十二世纪的动画——国宝绘卷中所见电影与动画内容》，分析《信贵山缘起绘卷》《伴大纳言绘词》《彦火火出见尊绘卷》《鸟兽人物戏画》等传世名作，解释日本绘卷独特的时间感与空间感。他认为，西方传统绘画，往往是在封闭小宇宙内将细节、光线等发挥到极致。而日本绘卷则是开放、流动、空白、不定的。随着卷子徐徐打开，视线移动，仿佛是电影的效果。

《辉夜姬物语》的确参考了大量绘卷，有很多令人会心一笑的致敬细节，如影片坐在廊下的乌帽子贵族背影，浑似十二世纪《源氏物语绘卷》中薫君的姿态。纵深的清凉殿垂挂的竹帘，则完全来自《伴大纳言绘卷》。接引辉夜姬还月宫的天人，可以在诸多佛教类接引图、天女图中找到源头。

影片本自耳熟能详的《竹取物语》，出现在伐竹翁眼前的辉夜姬，是小小的女孩，被老人抱回家后，变成婴孩模样，哭泣、饥饿，需要老夫妇无微不至的照顾，直到长成美丽出尘的少女。奈良美智评价辉夜姬幼年的状态，说想起自己从山里老家刚到东京时的孤独感。折口信夫在《日本的创意》中，以辉夜姬、《丹后国风土记》的姬神、《源氏物语》的紫姬为例，称"养育神圣的女性，待其成长，完成神格，是日本养育神灵的物语模式之一"。幼弱的神灵，需要在人的守护、帮助下才能成长，周作人举柳田国男所云日本"神人和融"的状态，说"这在中国绝少见"。近年大受欢迎的漫画《夏目友人帐》中，也有许多脆弱甚至无用的神与妖怪，要寻求人的帮助才能回到自己的故乡，或达成某种心愿。《给桃子的信》模式类似，死去的人通过神怪的力量传递对世上亲人的牵挂；神怪借助人力，回到本来的所在。

辉夜姬在山野的成长，非常奇妙、迅速，草木荣枯，花开有声，天地万物都在她新奇愉悦的眼中。动人的四季风物之变化，也是日人一贯擅长的题材。但长成少女后却很不顺利。养父母领她来到象征欲望、权力的京城，面对殿阁楼台、华衣丽服，她出于本能地雀跃。但随之到来的是种种上流世界的规范与约束，拔眉、染齿、习字、练琴，以便应对贵族们的追求。成长的奇迹中断了，忧郁伤感的辉夜姬，像是《源氏物语》中高贵的女子们，只有将悲哀情绪隐于重帘之后。

说来，《源氏物语》同《竹取物语》的确关系匪浅。《源氏物语》中说《竹取物语》是"物语诞生之始祖"。《宇治十帖》后半部登场的浮舟，也常拿来与辉夜姬比较。陷于薰君与匂宫二人情爱之间的浮舟决心蹈水赴死，为横川僧都所救，后剃度出家。僧都的救赎可对应伐竹翁的养育。身份高贵者为赎罪而流放，如光源氏赴须磨，在原业平去东国，日文中叫作"贵种流离谭"模式，辉夜姬也是获罪于月宫，被下至凡尘。

"辉夜姬的罪与罚"，也是高畑最想表达的主题，但影片中并未明言。见到人间种种污秽，经历世上爱别离苦，是辉夜姬所受的惩罚。薰君后来要接浮舟回京城，但她拒绝再见，故事就此结束，余韵不尽，与辉夜姬最终返宫又不同。原故事中，换了羽衣的辉夜姬忘记人间一切，人间的爱慕者虽得她赠不死药，却因不能再见她而拒绝服药登仙，宁愿在长久思念苦痛的人世。

羽化登仙的故事，在我国更不胜枚举。受罚而赎罪人间，也属常见模式。如《墉城集仙录》中的杜兰香：

> 有渔父者，于湘江洞庭投纶自给。一日，于洞庭之岸闻儿啼哭声，四顾无人，惟三岁女子在于岸侧。渔父怜而举之，还家。养育十余岁，天姿奇伟，灵颜姝莹，迨天人也。忽有青童灵人，自空玄而下，来集其家，携女而去，临升天谓其父曰，我仙女杜兰香也，有过谪于人间。玄期有限，今将去矣。于是凌空而去。

所不同者，道教故事多奇妙灵验，一人升仙，周围虔心修炼者往往也能得道。杜兰香后来降至洞庭张硕家，"授以举形飞化之道，硕亦得仙"，不同于《竹取物语》中在富士山头烧去不死药的做法。

在高畑那里，又有另一番解释。他认为，辉夜姬的"罪"，就是对人间的渴望与好奇。不知听哪位下过凡尘的天女讲起记忆中残存的凡间片段，身处清凉寂静的月宫，自然憧憬锦绣丰满的人世。于是受罚到人间，最后满含恋恨，抗拒又无奈地披上羽衣。虽然刹那神色清明，无悲无喜，但回首人间，总还有些许前世记忆。待她回宫，大概又会将此吉光片羽泄露给下一位天人，由是罪与罚周而复始。

高畑为影片写的童谣中，有一句"鸟虫兽，草木花，盛开、结果、凋零、出生、养育、死去，风吹、雨落，水车转动，顺次轮流，生命苏醒。""顺次轮流"（せんぐり），非是常用词，高畑说，最初知道，是来自小津安二郎的《小早川家之秋》。片尾小早川家主人急逝，河滩上的老夫妇遥望火葬场烟囱升起的浓烟，笠智众扮演的老人道："但是，就算死了又死，之后的之后，还是可以轮回再轮回（せんぐり），回到这个世上。"望月优子饰演的老妇道："是啊，但愿如此。"这段对话风格强烈，过目不忘，是小津刻意强调、表达的无常观，恰可对应好奇、爱慕、惩罚、沉迷、遗忘——如此了无穷尽的"罪与罚"。

2014 年 7 月 15 日

日本国立国会图书馆藏江户时代《竹取物语绘卷》局部（制作者、具体年代不明），画中正是天人接引辉夜姬还月宫一节

一个很香的东西

从周兄记得从前我给他讲过一个故事,印象很深刻,说有个东国的公主,某天与武士私奔,国王派人追拿,问路人线索,人家答,只看见一个很香的东西飞过去了。后来国王无法,只好下令为武士升官加爵,从此武士与公主过上了幸福生活。某日他回忆起来,说非常有趣,问我出处。我也记得这个故事,甚至清楚记得绘卷中男子背负女子私奔的画面,一时却不记得来自哪个物语。起先以为是《伊势物语》或是《今昔物语》,搜索一番,却只见《伊势物语》第十二段的"盗人"约略相近,但并无"很香的东西"这样诙谐可爱的情节:

> 从前有个男子,盗取了人家的女儿,带到武藏野去。因为盗人的缘故,被郡国守官逮捕。男子将女子留在草丛中,自己却试图逃跑,追讨的人以为盗者大约在草丛中,便要焚烧。女子悲伤吟道:
> 而今莫焚武藏野,若草藏君亦匿吾。
> 追讨者因此也发现了她,将之双双逮捕而归。

早稻田大学图书馆藏
法眼元陈绘《伊势物语》之《芥川》

后来发现，我要寻找的，应是《更级日记》里的一段，名作《竹芝寺》。说菅原孝标女入得武藏国，听说此地古称竹芝寺，曾有一位本地人，在宫中担任燃火卫士。一日洒扫殿前庭院，自言自语回忆故乡，说有甚多酒坛排列，酒坛上的勺子随风而动。如今看不见这些，却在此受苦。说话间，公主正独自在帘边倚柱而望，闻言大感兴趣，掀帘命男子上前，又命令他带领前去。男子虽然觉得可怕，但还是背着公主离开。大约走了七天七夜，来到武藏国。帝后不见公主，着急寻找。有人禀报说，武藏国卫士背着一个很香的东西如飞而去。帝命寻找，不见此人，想此人应已回到故国。便派使者追赶而去。公主见到使者，说一切都是前世因缘，自己命该居于此地。使者回京禀告，天子无奈，只好将武藏国封给这位竹芝男子，免其赋税。公主所生之子，以国为姓，曰武藏。

故事与我的回忆略有出入，但大略无差，尤以"一个很香的东西"最令人难忘。盗负深闺少女的故事，其实在平安时代物语文学中很常见。

譬如《大和物语》第一百五十五段，有这样一个故事：

从前，某大纳言有一位非常美丽的女儿，打算献给帝王，因此精心养育。但女子寝殿之侧侍奉的某位内舍人，却不知怎么窥见了她的容颜。内舍人痴迷于她的惊人美貌，寤寐求之，几乎成病，遂反复对女子说，我有不得不禀之事。女子问，是什么？说话间走出屋子。男子突然将女子抱起，乘马而去。不分昼夜，直奔陆奥国。在安积郡的安积山造了简陋的屋舍，娶女子为妻,一起生活。男子去村中觅食,带回来给妻子,就这样过去了很多年。男子每每离开之时,女子独在山中,茶饭不思,极为恐惧。就这样,女子有了身孕。某日男子离家,三四日不归,女子等得心焦,出屋探望,发现山后有一潭泉水,想到自己久未揽镜自照,不知容颜改变得如何。走近泉边一看,却见面容憔悴不堪,一时羞愧难堪,自言自语吟道:

山泉浅映安积山,何况妾心念君深。

吟罢写在树上,又返回陋室,心痛而亡。男子觅食归来,见妻子已逝,大为惊异。而后见到水边和歌,更觉悲伤,就死在了妻子身边。

这个故事在《今昔物语》里也能见到,同样是出身低微的男子抢走高贵女子的模式,却比"一个很香的东西"悲惨许多。

重新翻阅《伊势物语》,发现第六段"芥川"也是相似模式,结局却是另一种凄切:

从前有男子对明知不可得的女子恋慕不已,求之有年,终于好不容易盗走她,来到非常黑暗的地方,在称作芥川的河边伴她行走。草上露珠点点,女子问男子,那是什么?夜已深沉,忽而雷雨大作,男子遂将女子安置在一所仓库内,守卫在门口,等待天明。不料鬼竟一口吞食了女子,女子虽然惨叫,但被雷声淹没。男子直到天明才发现女子不见踪影,泣而作歌曰:

君问夜露白玉否,岂料亦如清露逝。

这是日本高中课本的选文，因此广为人知。据说故事原型是藤原高子与在原业平，高子已内定要入宫侍奉清和天皇，在原业平为其美貌所动，将她盗负逃出。途中遇见高子的二兄长，反被夺回，幸好不是被鬼吃掉。久居深宫的高贵女子，不曾见过草上露珠，私奔途中问恋人，是不是白玉。恋人笑答露水时，还不曾料到不久之后与她的别离，不论是被鬼吃掉还是被兄长抓回去，都是露水般短暂可哀的情感。

这一场面多见历代绘师描摹，譬如奈良大和文华馆藏有传俵屋宗达绘《芥川》一幅，水畔男子背负女子前行，萋萋芳草，夜露未晞。又如京都国立博物馆有一幅桃山时代的银地着色屏风，深草中遗有女子衣裳，被认为是芥川一段中女子被鬼吞食后的景象。江户时代住吉如庆在《伊势物语绘卷》中也有细腻的表现。浮世绘师月冈芳年的《在原业平与二条后》亦别有一番拙朴情趣。

以上几种传说中，以安积山泉水一则最为悲惨，被盗走的女子似乎过得也最可怜，度过了漫长贫穷的岁月，甚至突然见到自己容颜时伤痛至死。简直是古代版的少女监禁事件，很恐怖，不值得粉饰。芥川一则虽然悲哀，但故事戛然而止于私奔之始，且在原业平好歹是"体貌闲丽，放纵不拘"的著名美男子，因而露水般的恋情也令人留恋。盗人一则讲的是过早告败的私奔，有讽劝世人之效，逃跑的男子既煞风景也不中用，像昆曲里的许多男主角，几乎没有一个可靠。这类形象，各国故事里都不罕见。美满又诙谐的，只有竹芝寺一则，更像是妇孺老少喜闻乐见的大团圆传说，公主与平民得到皇帝原谅及赏赐，从此过上幸福生活。如果仅是如此，难免显得无聊，偏有路人质朴天真地说"一个很香的东西",既说明武士奔跑之速,又说明公主高贵美好,皆超乎常人想象。忍不住要学宝玉笑问:"这香是那里来的?"

2017 年 9 月 13 日

路女日记

近日在图书馆借来木村三四吾编校的一卷《路女日记》。木村三四吾是日本近世文学研究者，一九三九年毕业于京都大学国文科，曾任天理大学天理图书馆司书，一九七六年后任大阪樟荫女子大学教授、图书馆馆长。他长期研究泷泽马琴，对江户时代文学、版本学均有研究。这卷《路女日记》的主人即是泷泽马琴长子宗伯的妻子，即马琴之媳。所用底本是天理图书馆所藏泷泽家本，原本共十册，时期为嘉永二年（1849）至安政五年（1858）。在马琴晚年口述家族记载《吾佛乃记》中有如下云：

此妇乃土岐村氏，名曰路。父乃纪州御家老三浦长门守殿（初名将监，一万二千石）之医师土岐村元立。母乃土岐村检校长女，名曰琴。路女诞生于文化三年丙寅夏六月六日、神田佐久间町父元立侨居之所。原名铁。廿二岁春三月改名路。童女时期从蒙师习字，又依母命习弦歌。本性不好三弦，弃之，又学舞蹈。与姊共事松平远江守夫人。数年后放归，转侍大城屋内。仅一年后，值春正月下旬，放归，居于父之宿所。其时年二十一岁也。二十二岁，文政十年丁亥春三月，嫁与泷泽宗伯兴继为妻。因育一男二女。

镝木清方曾绘有《曲亭马琴》，画幅中央一盏立灯（日文曰"行灯"者），左首一位缁衣目瞽的老人，右侧一位蓝衣绾髻的妇人于矮几前执笔垂听。身后纸门半掩，可见一对童儿对坐玩耍。这画中老者便是泷泽马琴，妇人则是路女。马琴晚年双目失明，所著皆为口述，由路女代笔。

泷泽马琴是江户后期的旧小说家。所著小说凡两百六十种。最有名如《南总里见八犬传》，共九十八卷、一百零六册，历时二十八年始成，在日本很有人气，衍生出各种漫画、电影、电视剧。有研究者将此书与《红楼梦》比较，也很牵强，内容方面没有太多比较的余地，大概篇幅方面马琴还是功夫到家的。因马琴专凭润笔费维生，所著小说重义理教化，有不少纯是模仿中国小说。譬如代表作《八犬传》就脱不去《水浒传》的影子——"八犬"的设定好似"三十六天罡七十二地煞"，讲的也是忠义节孝的故事。说起来马琴本人就极喜欢《水浒传》，编译过金圣叹版《水浒》。他亦不讳言"余多读华人稗史小说，择其文之巧致者而仿为之"。如果在今天，马琴大概可算高产职业写手。《八犬传》我不感兴趣，只略翻过一本插图册，看过几集原著改编的电视剧，也早没有了印象。

江户时期市民文化风行，出版业发达，流行小说众多。当时俗文学读物统称"戏作"，发展到后来有洒落本、滑稽本、谈义本、人情本、读本、草双纸。洒落本专讲妓院趣闻。滑稽本多笑谈趣闻，与当时的落语互相影响。谈义本有寓教于乐的意思，为滑稽本初期阶段的形式。人情本多写情爱传奇。代表作有为永春水的《春色梅儿誉梅》(即《梅历》),在近代一直禁止翻印,被列为淫书之一,大概与《金瓶梅》地位相当。只翻过岩波文库版的几页,因为日本古典文法掌握不够,并不能品出趣味。草双纸全以片假名书写,妇孺皆可阅读,图文并重,又曰合卷草双纸,可比今日之漫画。读本则是以传奇趣味为主题的稗史小说。马琴所著即是读本,篇幅很长,动辄三四十卷,亦有插图。与马琴合作最多的是浮世绘师葛饰北斋。国内有资料写马琴乃"戏曲作家",初甚不解,见"戏作"二字恍然。

明和四年(1767)马琴出生于江户深川的下层武士之家,父亲运兵卫兴义在领千石俸禄的武士松平家任职,生活很不富裕。马琴九岁时父亲急病去世。十七岁的长兄继承父亲职位,后嫌俸禄太低转仕他处。母亲并两位妹妹跟随长兄生活。只有马琴留在松平家,跟随町内医师学习医术。母亲与两位兄长不久去世,马琴遂入山东京传门下学写小说,是年二十四岁。柴田光彦所编马琴年谱中有这样一段:"宽政二年(1790),年二十四岁。秋,持酒一樽,造访银座山东京传家,求入门。"

山东京传是当时极有人气的流行作家,比马琴年长六岁,先后娶过两位艺妓夫人,在银座经营一间小商品店,过着相当优裕的生活。他教育门人说:

> 作小说是每个人自己的才能,说到底教是教不来的,学也是学不大会的。所以无论如何要以别途为正业,小说只可作业余兴趣。如果仅靠写书,怎能养活妻儿?

《路女日记》(嘉永四年) 封面

这个道理很不错，放在今天也适用，我初读到时简直"诺诺不言，唯点头而已"。当时著书者多半也只将此视为业余消遣。最初京传并不想收马琴为门人，理由和之前说的一样：写小说并不需要专门拜师。但对这位年轻的后辈还是很照顾，并将他推荐给大书商茑屋重三郎。

时事动荡，宽政三年（1791）初幕府推行改革，整顿风气，实行抑商重农之策。学问方面独崇朱子学，禁阳明学。彻底废止兰学公开机构，禁用奢侈品，禁浴场男女混浴，禁私娼艺妓，肃清出版物。山东京传也未能幸免，因其作品多涉风月情爱，他被处以铐刑（江户时代对百姓一种较轻刑罚，戴上手铐令其反省）五十日的惩罚，作品刻印版也遭尽数焚毁。

宽政五年（1793），马琴由人说媒娶了鞋店商家的女人阿百。这位阿百夫人大他三岁，是寡妇，未读过书，脾气似乎也不好，马琴日记中常有"今日阿百又不快"之句。马琴能娶她为妻，大概也和当时糟糕的经济状况不无关系。宽政改革之后，图书市场一度凋敝，马琴迎合时流，推出以复仇道义为主题的小说，迅速成为炙手可热的流行小说家，进入创作全盛期，也终于成为可以靠润笔费养活自己的职业写手，实现老师京传所说"养活妻儿"的目标。

不过他与师傅京传日后交恶。有关这桩公案，新闻史研究者、江户明治民俗研究者宫武外骨撰写的《山东京传》中有一篇措辞严厉的《曲亭马琴之卑陋》。称当时有一册贬京传扬马琴的匿名书系马琴自作。又云文化十三年（1816）京传病故，马琴未去送葬，仅命其子宗伯代为吊唁。马琴一向以道学家自居，崇尚儒教伦理。但恩师过世不去送行，确实令人费解。

当然也有说法云京传后来嫉妒马琴一夜成名而与其断绝来往。无论如何，马琴已在江户世俗文坛占据重要地位。

文政十年（1827）三月廿七日，马琴的独子镇五郎宗伯娶回医家土岐村元立之女阿路。是年宗伯三十一岁，路女二十二岁，马琴六十一岁，阿百六十四岁。路女原名为铁，过门第二天马琴为其改名"路"，是何原因不得而知。江户时期普通人家的女子能有名字已是难得，改名也是常事。

与江户时代普通主妇没有区别，路女每一日的生活无非是腌渍梅干、白菜，月初月中煮红豆饭，三月三过女儿节，端午节做槲叶糕，七月半准备盂兰盆节。照顾丈夫，侍奉翁姑，在琐事中度过一生。

不过她有一位盲眼的作家阿翁，"阿路"的名字便零星散落于楮墨间，使今日的我可以知道曾有她的存在。

文首所提《路女日记》记录的是嘉永二年（1849）至五年（1852）间日常琐事，这是在马琴死后写下的，所以在此之前有关路女的一切只能根据马琴的点滴记录猜测推断。中央公论新社二〇〇九年起开始出版柴田光彦增补的四卷本《曲亭马琴日记》（附《别卷》，2010年），收录了曲亭马琴自文政九年（1826）至嘉永元年（1848）的全部日记。

日人热衷作日记，如今则爱写博客，几乎人手一册"手账"（日常记事本），这也是古来传统。日记一词传入日本可追溯至八世纪前。当时日记有记录天皇日常生活的《殿上日记》（侍奉天皇日常生活的藏人之值班日记），太政外局《外局日记》（太政官书记所记录的宫廷日记），中务省《内记日记》（天皇起居注）等，皆为男性所作，全用汉语。《殿上日记》在"侍中群要"第四卷"日记"中云："凡当日日记，无大小详注记不可遗脱""当日之事，不漏巨细可记也"。

又有公卿日记，为平安上流贵族所作。如藤原师辅《九务》，藤原道长《御堂关白记》。内容无外乎朝廷仪式、政务、宫中杂事等。最有意思的还是平安中期的女性假名日记。如《蜻蛉日记》《紫式部日记》《和泉式部日记》《更级日记》等。而真正使日记这一体裁广泛流传的又出自男性手笔，即纪贯之的《土佐日记》。其时汉字为男性使用，假名为女性使用，因有"男书""女书"之别。《土佐日记》假借女性口吻成文，开假名文学之先河。

日人所作日记最初虽仿中国体例，后来演变成全民流行的文体，但与中国旧时文人所作笔记、日钞、日疏、日录等颇不同。周朝设左右二史，左使记言，右使记事；事为《春秋》，言为《尚书》。汉代始有起居注。历代文人所著日记极多，内容广泛，可作八卦大全，特别是晚清以来的各种日记。日人作日记，重在记录当日天气、账目、饮食、琐事，似无刻意示人或传世的目的。今日看来则是极难得的资料，譬如物价方面的详细记录便是可贵的数据。

苏珊·B·韩利的《近世日本的日常生活》，仅饮食一章就参考了武士、儒生妻子、官员等四五人的日记。

再说路女的丈夫宗伯。他是独子，父母极为宠爱。但自小多病，脾气也很暴躁。最初马琴想让他学画，但宗伯视力不好，无力执笔。后来只有学医，奈何懒散无成。幸而土岐村元立家尚属富庶，也能使宗伯夫妇衣食无忧。宗伯谨遵父亲之教条，不饮酒不看戏不好女色，也算优点。有一位藩主是马琴小说的忠实读者，对宗伯格外照顾，让他挂名做家臣，得食医师俸禄。

当时泷泽家还经营一间药铺。但似乎仍入不敷出。后来在中庭种植葡萄、梨、石榴、竹笋，卖给水果店挣些零碎铜钿。

马琴日记云：

> 近年花费甚多，尤以购物靡费。往后应当谨遵勤俭之戒。

天保六年（1835），宗伯病重，马琴日记中多有其病状的描写，如"上午宗伯头痛、恶寒，且又痰痛"，"宗伯夜里胸痛，无法躺卧"，"宗伯今早痰痛稍缓。黄昏起剧痛，起居不便，无食欲"，"宗伯今日热度稍减，但脉搏比昨日更频"等等。是年五月八日，宗伯病笃，一家人围绕在旁，马琴将水天宫求来的护身符放在他胸口，又贴在屏风上，祈求退散苦痛。之后宗伯说想喝水，路女端水，宗伯喝了一口便死去了。"足与身体尚有余温。享年三十八岁也。"结婚八年的路女作了未亡人，年三十。留下八岁的长子太郎并六岁的次女阿次、三岁的幼女阿幸。马琴也垂垂老矣，年六十九，右眼因白内障失明，身体每况愈下，创作陷入绝境。家中经济状况想必也很糟糕，马琴卖掉老宅，搬到市郊。从这一年开始，日记篇幅明显缩短，也不是每日必录。不过此后日记中出现"阿路"之名的频率渐渐多起来，大约是因为路女在这老弱病人俱全的家庭之中已成轴柱。譬如：

> 庭中有大株丰后梅树（梅树之品种），一木所得有四升五合有余。今日午后阿路如例购入紫苏，腌渍完毕。（天保六年六月十八日）

水野年方绘《三井好 都之锦》（1904年前后）之《邻家女儿》《曝衣节》，虽然是明治年间女子缝衣、曝干的生活场景，但也可借此想象数十年前路女的日常生活

今日拿出梅干曝晒。池田屋分八百三十三有之。树木分四百八十余有之。今日一日全数晒干。黄昏,阿路装成大小两瓶。(天保六年七月五日)

去冬十一日转宅以来,阿路殊为勤快。寸暇皆无。若无她必不可。(天保八年三月十五日)

今日,阿路收拾箱中所藏卷轴六七种,将之取出,曝晒。略好的几卷去秋已取出沽却,如今所剩无几。黄昏,阿路尽数收回卷轴。(天保八年七月十八日)

黄昏天晴。月出。因天气清朗,寒蝉频鸣,夜中始稀。月夜渐乌,寒云蔽月。南风薄暑。录此以备忘。去年今日,预算贺会当日,亦为美日。今年,风雨不来。同阿路言此,亦追祝彼日之欢愉。(天保八年八月十四日,按粗阅四卷日记,道学先生马琴极少有这样抒情的记录,莞尔。)

天保十一年(1840),马琴左眼亦不可视物。《马琴日记》天保十一年庚子日记十六日为止,马琴绝笔,以后皆为代笔。当时《八犬传》尚未完成,此书已写了二十多年。日本近世文学史中,路女自此始留名。关于代笔《八犬传》一事,《马琴日记》亦有记录:

八犬传九辑三十七之上板底稿写本八丁,今夕令阿路念来听。是因老眼昏花之故,写本内容一字也无法看清。(天保十一年三月廿三日)

八犬传九辑三十八末,上板底稿写本之内,由阿路手写者错误四五处。订正完毕。自九辑三十九之稿本六(阙)至七十五

（阙）校雠，令阿路读来，补误脱。（天保十一年三月廿四日）

八犬传九辑四十六卷，口授阿路，教以字，令完成草稿。自八刻半至日暮时分乃成三叶。（天保十二年正月六日）

当时市井女性几乎全不会写汉字，至多能认得假名而已。因此她们没有办法留下自己的声音，要了解她们的生活，常常只能通过男性留下的史料去推知她们的状况。"希望什么时候能够遇上女性自己写的日记或书信那样的史料，能听见女性的声音，由此讨论历史问题。"（妻鹿淳子语）而马琴所著历史小说又多用汉文典故，三十多岁的路女开始认汉字，一笔一划均由阿翁口授，十分艰难。马琴亦感叹"年老目衰难执笔，教媳抄写苦何言"。不过在天保十二年（1841）八月二十日，《八犬传》终于完成。在卷尾《回外剩笔》中，马琴道：

> 每一字都须教授，每一句都要用假名解释。妇人能认识普通俗字已属难得，更不必说汉字雅言。

路女经过八月余刻苦书写，于文字方面大有进益，马琴为其撰号曰"琴童"。

天保十四年以后数年的日记篇幅又稍长，想是路女识字已多，书写顺畅。见过路女代笔的嘉永元年戊申日记，笔致流丽，酷似马琴。

嘉永元年（1848）十一月六日，八十二岁的马琴病逝。嘉永二年六月，路女开始书写自己的日记。亦为天气、日常收支、饮食等杂事，与《马琴日记》风格大不相同。马琴之孙、路女之独子太郎遗传一如其父，身体也很糟糕。嘉永二年的路女日记大部分都与太郎的疾病有关。买药煮药，探病祈祷，事无巨细一应记录。随手抄录云：

嘉永二年六月十六日，多云

　　四时左右方晴。夜中雷鸣，有雨，不久即止。今朝遣留吉（佣工名）去田村家取药。九时归来。费钱四十八文。午前遣阿幸至久保町购物。午前归家。午后遣阿幸至高畑武左卫门大人处送煎茶一袋。

七月十日，雨，四时雨止

　　过昼时，太郎欲食西瓜、盐仙贝，即刻去买，不久归宅。晚七点后，田村宗哲来诊，告以太郎状况，诊脉后断为小水不通之故，腹脚发肿……（太郎）今日早饭吃两小碗，午饭一碗半，入夜饮小豆汤一碗，面两碗。其间仅食西瓜、盐仙贝。舌上生小疮，颇碍饮食。正在盂兰盆前的忙乱中，因太郎大病，内心愁苦。

七月十三日戊申，晴，或晴或雨

　　今日如例设置御灵棚（按，即日本盂兰盆节时所设祭祀祖先、亡魂的桌台，又曰盆棚，供奉黄瓜、茄子等），供奉诸灵位。黄瓜二、煮红薯、制作家中惯例之团子，供奉诸灵位，亦及无缘灵魂等。香华水等亦如惯例。暮时于玄关前焚御迎火（按，即盂兰盆节时为接引亡魂而在门前所焚之火），太郎于病中礼拜。

七月十四日己酉，晴

今日供奉御灵棚有：朝，番薯，油炸豆腐，南瓜汤，渍茄子。午，拌芋茎，白味噌汤，冬瓜，蘘荷，香菇，渍白瓜。八时，仙台干饭，牡丹饼，煮菜，渍物。午，炸物，煮菜，腌刀豆。入夜，神酒，冷豆腐。梨。巴旦杏。皆如先例。今日太郎状况，又腹胀，足痛、口痛稍好。小水昼间九次，入夜七次，大便一次，昼夜共十八次。食物如昨。

七月十五日庚戌，晴

往深光寺纳棚经（按，棚经即盂兰盆节时僧侣为檀家所诵经文），施饿鬼，诵经毕而归。循例布施四十八文。

八月四日，晴，夜中有雨，终夜

今朝遣留吉于渡边家取药。逾四时归来。煎药七帖、蒸药二帖、膏药三贝（按，江户时期的膏药常以蛤蜊贝壳贮存，一如我国蛤蜊贝壳油之状）、丸药三包。……四时顷文蕾前来探望太郎，询问身体状况，暂时归去。过八时亦来。赠予太郎柚子甜煮、煎鸡蛋若干，旋归。八时顷邻家林夫人探望太郎，赠以粟饼。闲话少时，回赠其子梨两枚。日暮七时前归去。太郎两三日间胸痛足痛甚剧。至妻恋稻荷神社为太郎祈祷。

妻恋稻荷神社在今日东京都文京区，纪念的是一位叫弟橘媛的女子。她的夫君是日本古代大和国家时期传说中的人物倭建命，也称作日本武尊，是景行天皇之子。倭建命东征渡海时遭遇风暴，弟橘媛便蹈海镇住作怒的海神，救了夫君的性命。

尽管路女尽心照看太郎，并虔诚祈祷，这一年十月九日，二十二岁的太郎终究还是病亡，留下四十四岁的母亲在人间。日记里留下的是：

> 今朝五时过，太郎烦闷甚。母亲、悌三郎、阿幸等诸般努力，无甚效果，终在巳时上刻息绝。时享年廿二岁也……九日以后愁伤肠断，一字无法记录……十一日，八时出棺……安葬于清水山深光寺祖先坟茔中。众人暮时归来……廿二日以后流泪记录如左。

这是为母亲的路女。此年十月廿八日，有"今晚外人不来，十分寂寞"之句，已是文学者的笔调。失去爱子的路女还有近十年的人生要度过，好在还有次子小太郎与女儿阿幸，也有与友人们的交游往来。且看几条那之后的日记：

嘉永三年七月四日甲午，晴
　　山本家夫人来云昨夜有鼠患，赠以猫。杂谈而归。
　　今日曝藏书等类，黄昏小太郎取入毕。

五日乙未，晴

午前绫部阿房来，归还前日所借《八犬传》三集。阿房母女同去沐浴，午饭。玩耍至夕七时，归去。借去《八犬传》四、五辑，共十册。午后，阿幸、阿房在家，独去饭田町。

十一日辛丑，晴，残暑

今朝伏见氏携泽庵渍萝卜三根相赠。

今日曝读本类书籍。

十二日壬寅，晴，残暑

昼前舂米一升，小太郎帮忙。午后继续。

小太郎午后布置灵棚灯笼，红纸摺纹……至深光寺扫墓，寄进白米二升，钱二百四十八文。更换诸墓花、供奉水花，归时购诸色物品，五时归宅。归后沐浴，就诊。今日曝读本类图书，黄昏取回。

十三日癸卯，晴，残暑如昨

今朝久野加藤氏归还前月所借藏书二部，以笼装芋头二升为谢礼。收下，还礼。

准备御灵棚，之后做红豆馅团子，供于灵棚。家人亦食之，赠伏见氏一盘。

伏见氏携小儿来。令食红豆团子，稍后归。赠以鲭鱼干十五条。大内氏以自家芋茎三株相赠，早早离开。

午后，阿房归还十日前所借《八犬传》六辑六册。闲谈，令食团子，借走《八犬传》七辑七册。

御灵棚前供奉高高堆满的梨、桃。

十四日甲辰，残暑，晴。夕七时许雷雨，入夜四时雨止，不晴
小太郎今早煎服五苓散，半起半卧。
今日灵棚早晨供奉：南瓜汤、芋头、油豆腐、渍茄子。中午：拌芋茎、白味噌汤、渍白瓜。八时，煮红豆饼。晚饭：茄子、红薯、炸物、煮菜、渍刀豆。入夜，供奉上好的酒、味醂、冷豆腐。

十五日乙巳，多云，秋冷
八时后至深光寺听棚经。循例诵经毕，布施四十八文。带来馈饿鬼袋。今日灵棚供奉，早晨：芝麻汤、茄子切片、腌辣椒。中午：冷面。八时：荷叶饭、带叶嫩姜、煮菜、西瓜。黄昏：黄豆粉团子、煮菜、腌白瓜干。
今日曝书：藏书合卷、稿本类、历书类。

可知几乎整个七月，路女都在忙于曝书。江户时代习俗，常在旧历六月土用之间的晴天曝书。土用即所谓四立（立夏、立秋、立冬、立春）之前约十八天的一段时期，多指夏之土用，即立秋前十八日。马琴生前喜好藏书，据说有五六千卷藏书，贮六十余柜，广涉和汉历史、诸子百家、小说、传奇、和歌书、草纸、物语、医书、佛书等等，多钤"泷泽文库""曲亭藏书""泷泽"等印。在《马琴日记》中，也有大量关于曝书的记录。自天保七年（1836）前后起，泷泽家已开始散书。如《马琴日记》天保八年五月廿日条："今日曝汉籍

一箱。去秋以来，藏书大率已沽却。所剩无几。"也有不少赠予马琴生前挚友，如商人小津久足就得到许多。小津生于江户豪商之家，爱好和歌、日本文学，号桂窗，很得马琴赏识，被称赞作"大才子"。另外，小津安二郎还是桂窗异母弟之孙。桂窗继承的泷泽旧藏今多藏天理图书馆。路女所曝的书籍，大概是正处于流散过程中的藏书，由她记录不辍的郑重也可推想她对马琴旧藏的珍视。

路女日记里固然有许多关于饮食、疾病、会客的生活记录，也不乏一些社会事件的记述，颇见其史料价值，如嘉永三年十月三十日，琉球使节入江户："自田町宗之介方向而去。雨天。"十一月廿八日："晴，今日琉球人拜访御老中。"十二月二日："多云，风，今日琉球人拜谒御三家，人群聚集。"十二月十日："四时，琉球人归国。"江户时代，自从萨摩攻入琉球后的一六三四年起，琉球国王每逢江户幕府新任将军执政、琉球新国王袭封，都会向江户派出使节，共计十八次。而嘉永三年是琉球派出的最后一届使节，正使为玉川朝达，副使为野村朝宜，使节共九十九名。曾有歌川重久绘、江户若狭屋出版的《琉球人行列图》，详绘其时情形，标注每位使节的姓名，连他们所携的器物亦逐一标注名称。当时，琉球使节、朝鲜通信使到江户，都会引起全城百姓争先围观，读书人们也抓紧这宝贵的交流机会互赠诗歌、询问风土、笔谈杂事，留有丰富的文字、图绘资料。

前文所引段落中有路女借《八犬传》给友人的记录，事实上除了借出马琴著作之外，家中其他藏书似乎也经常被借出，路女记录了出借、归还的详细信息。如嘉永三年十一月廿二日：

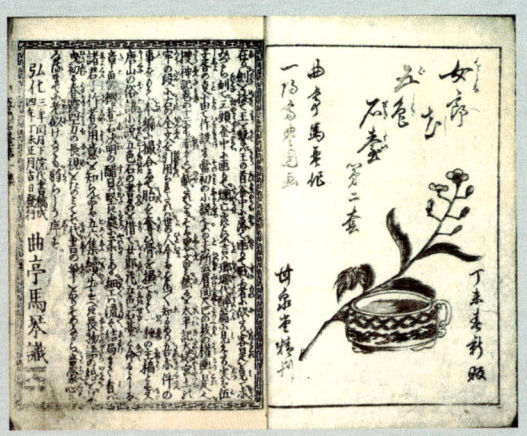

《女郎花五色石台》插图

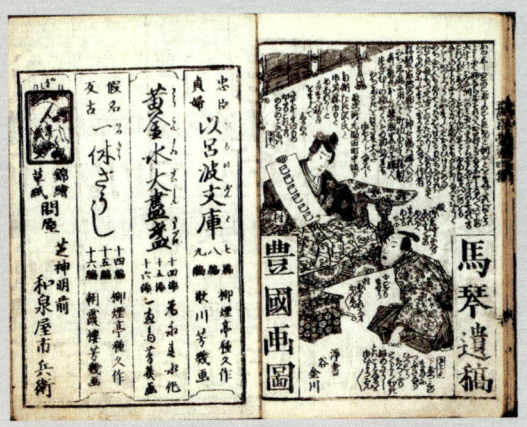

《女郎花五色石台》刊记,"芝神明前和泉屋市兵卫"

午后松村氏来，去他处，阿幸与之谈话，称明日再来，归去。希望借阅《金瓶梅》初编、二编。梅村氏归还前日所借《巡岛记初编》（按，即马琴著、歌川广丰绘《朝夷巡岛记》，文化十二年至文政十年间刊刻，模仿中国小说《快心编》，描写木曾义仲之子朝夷三郎的故事）五册，又借去二编五册。

如同月廿五日癸丑：

松村仪助大人来，归还前日所借之《杂记》十四卷一册，《金瓶梅》初编二编八册。并借《杂记》十五卷一册，《金瓶梅》三、四编八册。

十二月朔日戊午：

四时许松村仪助大人来访，归还前日所借《杂记》第十五卷，《金瓶梅》三集、四集八册。并借《杂记》第十六卷一册，《金瓶梅》五编、六编八册。

同月三日庚申：

黄昏松村氏来访，归还前日所借《杂记》一册、《金瓶梅》八册。杂谈少时，家中恰好有不少食物，留用晚饭。借去《杂记》十八卷一册，《金瓶梅》七、八编八册。

九日丙寅：

松村氏来，归还《杂记》《金瓶梅》，借去《杂记》第十九卷，《金瓶梅》九编、十编八册。

此外，路女还参与了马琴遗著的编辑工作，如嘉永三年九月廿九日：

午间，泉屋（按，即江户时期大众普及读物出版商和泉屋市兵卫，号甘泉堂、泉市，出版锦绘、绘本等流行书的同时，也为幕府出版官板书）遣人送来《五色石台》四集下帙底稿十叶，并附稿本、书信。

十二月九日：

泉市遣人送来《五色石台》四集下帙初校稿。（中略）午后二校《五色石台》。

十二月十一日戊辰：

午后，泉市来取《五色石台》四辑下帙二校，奉上。

十三日庚午：

向加藤氏母亲奉上《五色石台》四季之下二册。今日外出之际，芝神明前泉市因明十四日将出售《五色石台》四集下帙，赠来制本四通。

《五色石台集》即《女郎花五色石台》，是马琴晚年创作的又一个劝善惩恶的通俗小说，前三卷为马琴所撰，第四卷实为马琴病后路女代笔，第五编至第七编作者为柳下亭种员，八编为柳水亭种清据种员遗稿续写，九至十编为种清完成。这些有关女性参与出版具体事务的记载可谓难得的出版史资料，可以想象，马琴生前对路女应该十分信任，校对遗稿的工作并非由弟子之类的人完成，而是由路女承担，出版商也对路女给予充分的尊重。

我爱读路女日记远胜马琴日记，不仅因为马琴的日记过于端正，少见情绪流露。路女满篇皆是可贵的生活细节：邻家赠物、神社祈祷、生老病死，是非常宝贵、纯粹出自女性之手的记录。路女并非刻意作文，这种记录或许更接近"手账""备忘录"，是反映江户后期女性生活实况的难得史料。

安政五年（1858），五十三岁的路女病死。新的时代即要拉开序幕。明治政府成立后，福泽谕吉倡导男女同权，不过只是十多年后的事。一八八〇年，因自由民权运动而有女性解放运动，诗人与谢野晶子也曾参与其中，极力倡导女性经济独立之说，拉开了日本女性新时代序幕。大的社会变革对社会秩序、家庭秩序的重构均有重大影响，而一些"习惯"，却藉由没有站到变革舞台之上的、家庭内部的女性们悄然延续。只要还有婚姻、家庭、育儿的负担，那么我们总能在过去的女性身上寻找到无数相同点，许多时候，今天的我们与她们并没有根本的区别。我们常常不自觉地接受一种"主流"价值观及历史书写的方式,而路女的记录给了我们窥视"消失在历史中的群体"的生活细节的可能,并给了我们倾听她们和我们自己内心的机会。

2010年12月9日一稿

2019年3月13日修改

小梅日记

1

日本女流文学作家宫尾登美子改编《平家物语》时曾说,希望那些史书中单薄的女性形象可以"有属于自己的姓名与发言权,也让她们有展现独特个性与鲜明形象的空间","能听见她们咬着袖子一角轻轻哭泣的声音"。这是作小说的方法,须避开穿凿附会、过度阐释,钩沉索引之余更需在还原时代风貌之同时想象当时之人的歌哭哀欢。我爱读宫尾的小说,不单因她笔致文雅,更因她熟谙历史民俗,笔下女子梳何种样式的发髻,穿何种纹样的衣裳,某地女子该说怎样的方言,无不有来历。这样那些"咬着袖子一角轻轻哭泣的声音"更令我信服,几乎可以听闻。而女性们要留下自己的声音又是何其困难,她们的苦乐哀欢湮没在历史的尘埃里,偶尔出现在男性记录的诗文、方志或墓志铭中。由她们自己留下的记载可谓凤毛麟角。

近日一直在翻平凡社一九七六年初版的三卷《小梅日记》。书是出生于两百多年前的一位普通妇人所著。这是她的家常日记,写下这些文字时并没有"著书"的意愿，而只是完成一项日常生活中的普通记录。四十余年前，她的曾孙志贺裕春将十四册和纸装订的日记赠与和歌山县立图书馆，后选出原稿的三分之一，由东京大学史料编纂所员村田静子整理校订成书。生于江户末年的普通家庭妇女所写的日记，文字朴素简练，有关饮食起居、家计艰难、丈夫与儿子的琐事、朋友的造访、拜谒神社、母亲所作的和歌等等。据说从文政二年（1819），十六岁的她出嫁开始，到明治十五年（1882）她去世前七年为止，日记每日不辍，写了六十多年。与同时期许多只有假名名字的女性不同，她有汉字名字：川合小梅。在日记里，她常常自称"小梅"。

2

文化元年（1804）十一月二十二日，小梅生于和歌山县，是家中的独生女。父亲是藩校学习馆的助教川合鼎（号大壑），母亲是川合辰子。文化五年（1808），小梅五岁，三十二岁的父亲在游学京都期间去世，幼年的小梅由母亲与祖父川合衡抚养。

辰子的父亲川合衡（1751–1824，字襄平，通称丈平，号春川）是美浓（今岐阜）人，年轻时游学京都，成为医师川合庞美的养子，后来被纪伊藩第十代藩主治宝聘为儒者。纪伊藩之藩祖乃为德川家康第十子赖宣，原本统领骏河、远江两国，任骏河中纳言。元和五年（1619）七月，合并纪伊与伊势的松坂，领五十五万五千石俸禄，被封为和歌山城主。纪伊藩地位甚高，与尾张、水户并称御三家。

德川幕府之国家机构为幕藩体制，袭用中国制度中藩王、藩镇之称。领有一万石以上禄米、臣服于将军的领主称为大名。日本全国大名的数目因时代而异，约略两百多个。根据其与德川家关系亲疏远近，分为亲藩、谱代、外样三种。譬如亲藩中就有家康三子后代之三家，即"御三家"。大名从将军处受封的封地，按律只限一代。故而在大名继承、将军更替时，都需重新改封。

德川幕府基本制度为兵农分离制与石高制。封地则是以丈量土地之后所定的土地面积与收获量为基准，将所有农业生产力换算成米，而后以收获量的形式表现出来。

天正二十年(1592)丰臣政权进行全国调查，即"人扫令"（人口普查）。德川初期再次调查，确立严格的身份制，分"士农工商"之"四民"。不过实际的身份制度是，武士为上，其下为町人并百姓。町人以町为单位，百姓以村为单位。町人即"工"与"商"，二者无区分。

江户时代无科举制，只有武士出身者才能当官。幕府虽重儒学，讲究"文治"，而"儒者"却是颇为暧昧的身份，处于武士与"农工商"之间，无法入仕，亦无法以学问经世致用。通常有"町儒者"与"御儒者"两类。前者是指在城町开设教室，传授儒学典籍，培养汉诗文阅读与写作能力以及讲"道"本领的人，其生活来源全部依靠束脩。这些"町儒者"生活通常很困苦，故而大部分人还兼任医生，否则难以维持生计。所谓"御儒者"，是指侍候将军或者诸侯、大名，靠日常吟诗撰文和讲授儒家义理领取俸禄的儒者。他们与武士不同，可以更换主公，但并无直接参政之资格。

小梅祖父春川游历各地，最终为何选择留在纪伊藩，如今已不可考。纪伊藩第五代藩主吉宗（后来幕府的第八代将军）曾大兴文教。吉宗治理藩政，第一曰文，第二曰武，第三曰禅。故而纪伊藩乃有"学问之藩"之誉。春川与小梅的丈夫梅本豹藏供职的藩校"学习馆"也是由吉宗时代宝永二年（1705）设置的"讲释所"发展而来。宽政三年（1791），该所改称学习馆。春川先后侍奉的十代藩主治宝、十一代藩主齐顺为政均算清明，他们开设医学馆，并请来伊势松坂有名的国学者本居宣长讲授学问。

文化元年，即小梅出生那年，松坂藩校设置"学问所"。春川于翌年担任"掌教"，去松坂赴任。春川基本俸禄为二十石，加上俸禄补贴（江户幕府薪俸制。八代将军德川吉宗所推行的享保改革中的一项。即废除根据俸禄高低定职务的惯例，而为录用人才，将俸禄低的人任用到高职位时，在其任职期间补发不足部分）共三十石。较之吉宗时代的儒官祇园南海两百石的俸禄，春川收入实在不高。文政七年（1824），七十四岁的春川死去。

小梅的汉学素养全赖祖父教授。和歌方面又有母亲的熏陶。母亲是本居大平的门人。大平是本居宣长的弟子，后来做了宣长的养子，文化五年（1808）移居和歌山。在小梅日记中，和歌也随处可见。如嘉永四年（1851）三月十一日月下赏花，小梅作歌云：

　　水底清流，曾照月下花影来。

小梅擅人物花鸟绘，今有传世作品若干，日记中也常提及绘事。她的绘画老师是野际白雪，是纪伊的藩绘师。

江户时代有许多与女性教养相关的书籍,如《女大学》《庭训》《百人一首》《女大学宝箱》《女大学宝文库》《女中庸教训镜》等。书中讲"四德",曰妇德、妇言、妇容、妇巧,并"四艺",曰琴棋书画。又如《女用文章丝车》(天保十二年,1841年刊)中讲女性书信如何写,需用行云流水的平假名,以及柔和谦卑的女性用语。譬如"昨日""明後日"(男性用语)要写作"きのう""あさって"(女性用语),并介绍许多优雅的书信折叠之法。

江户儒者新井白石的《折焚柴记》(周一良译)中有这样一段:

> 母亲不仅长于书法,也传习和歌之道,教我的姐妹读历代敕撰和歌集和物语之类,也善下围棋、象棋,并且教给我。我曾经在盛香炉的箱里看见有装弹琴所用指甲的袋子,大约这种事她也是喜欢的。我记得母亲说:纺织缝纫,妇女之职。她每年织出美丽条纹的布和各种色彩花纹的绢。她自己织,也让别人织。给父亲穿,也赐给我,如今还剩有一些。世俗谚语云:有其夫必有其妇。我母亲说话行事,确实与父亲一般无二。父亲辞职以后,母亲也落发,一心信奉佛教,终年六十三岁。

从中可见江户时期于女性教养方面的评判标准,那么小梅无疑也是按照"四德""四艺"养育起来的。

3

文政二年(1819),小梅十六岁,与川合家的婿养子梅本豹藏结为夫妻。梅本豹藏初名修,号梅所,比小梅年长十岁,供职于家塾。小梅日记中,常有"夫君题字,小梅作画"、"夫君早晨离家,黄昏归来"，"与夫君同去某友家看花"之句，可以想象闺阁之乐、夫唱妇随。以豹藏的年纪，对小梅大约也是如父如兄。

小梅的父亲、丈夫皆为婿养子，姓"川合"，她与母亲都是独生女，这样的家庭结构在传统中国相当少见，但在日本却不为奇。

在中国，同姓不婚是西周时期宗法制度的婚姻原则。这一原则后来加以法律化，是中国传统家族法的婚姻原则。历代法律规定：同姓不婚，亲戚不婚。如《唐律疏议卷第十四·户婚下》规定："诸同姓为婚者各徒两年，缌麻（相当于日本五等亲）以上以奸论。"《宋刑统》亦有相同规定。《大明律卷六·户婚三》规定："凡同姓为婚者，各杖六十，离异。"

而日本的"姓"、"氏"和"名字"只是血缘、非血缘及模拟血缘的集团的名称而已，并不能表示单纯的血缘关系。故而《大宝律令》并没有将同姓作为禁止结婚的原则。日本固有的氏族模拟血缘结合原理，亦可从日本特有的招婿婚上得以旁证。与中国被招进女方的婿因为不是同一血统被看成是外人、地位甚为尴尬不同，日本被招进的"婿养子"甚至可以取代亲生子女的继承地位。婿养子既是养子，随养父姓，与这家女子名义上是兄妹或姐弟，但同时又是夫妻。在日本历史上，很多名人如战后日本首相岸信介，丰田汽车社长丰田左吉等，都是婿养子。再以日本物理学家、诺贝尔奖获得者汤川秀树为例，他们一家可谓学问之家，父亲小川琢治为地质学家，长兄小川芳树为冶金学家，次兄贝塚茂树为东洋史学家，弟弟小川环树为中国文学家。而这样一家人，从父亲开始，就有三人做了婿养子。

考诸日本古代婚姻形态，可从三个阶段加以分析。其一上代至《万叶集》时期，其二为七世纪后半期至九世纪，其三为十世纪至十一世纪末。历来研究认为第一阶段因母系制度残留而盛行访妻婚。在第二阶段，婚姻形态包括夫方居住婚、妻方居住婚等多种样式。到第三阶段，主要婚姻形式演变为招婿婚。后两阶段是从夫妻别居转变至同居的阶段，即从律令国家时期过渡到王朝国家期的阶段。

所谓访妻婚，即夫妇别居，男女各自与自己的母亲及同母兄弟姊妹同住，男方在夜里到女方家中。或翌日清晨离开，或逗留若干天，再返回自己家中。所生子女随母亲生活，生活费由男方承担。此俗盛行于大和时代，延续至平安朝。在《古事记》《万叶集》《源氏物语》等书中均可求证。《万叶集》中咏叹男子夜来月下与女子相会的恋歌极多，如卷七第一千零七十八首：

月光已照拂某处，想来心上人已出门等候，男子却不能前往，十分焦躁。

又如《万叶集》中大津皇子与石川郎女的对歌：
大津皇子赠石川郎女御歌：

山中多树木，频滴清秋露。待妹伫终宵，吾衣湿漉漉。

石川郎女奉和歌一首：

承蒙树下伫，待吾情意笃。早知湿君衣，愿为清秋露。

折口信夫论此曰："初访之夜，没有相见即返回，乃为昔时上流

和歌山市立博物馆藏
川合小梅绘
《观梅圆窗美人图》

女性所遵守之矜持……石川郎女亦为当时女流，并无因相会而放弃尊严之顾虑。是遵守历来之规则，或是不遵守，由女性决定，或云女子是否要保持历史之品位。"

据柳田国男等学者之通说，日本的出嫁婚发端于中世时期。即从镰仓幕府以后的战国时期开始，日本开始逐渐放弃诸子均分原则。中国传统家庭财产继承与分割实行诸子均分的原则，如唐律规定："应分田宅及财物者，兄弟均分。"（《唐律疏议·户婚》）此后历代法律基本因袭此则。如《大清律例》："嫡庶子男，不问妻妾婢生，止以子数均分。"奈良、平安时期日本受中国影响，从《大宝律令》（文武天皇颁发，将大化改新之纲领及其后五十多年实施新政的经验与中国历代编纂律令之经验融汇而成）制定到镰仓幕府时期，均基本实行诸子均分的继承制度。而幕藩法原则为嫡子单独继承制，这使出嫁婚成为中世后期的社会趋势。出嫁婚的强化，亦强化了女性于父系家长与夫家的从属性。但这段过渡时期并未完全否定女性的继承权。如战国时代《六角氏式目》载：

> 妆田之事，可为如约诺文书，无文书者、彼妻一期后者，可返付女之生家，并敷钱同可为如约诺文书，无文书者、女生家返付仪不可在之事。

妆田即武家女子陪嫁的田产，又曰化妆田；敷钱是陪嫁的钱财。这段文书的意思是，妆田应如约定承诺的文书来处置。即便没有文书，在女子死后，其陪嫁的田产也应该归还母家。陪嫁钱也应如约定承诺的文书来处置，不过若没有文书，在女子死后，夫家则不必归还陪嫁钱。由此可知,这段时期的女子在结婚时可以继承母家部分财产,且死后陪嫁田仍归母家所有。

到德川幕府时期终于确立了长子单独继承家业、家产的"家督继承"制度,此制度在武士阶层实行,平民百姓稍有变通之可能。近代明治民法亦沿袭此制(明治民法第九百七十条)。长女亦有"家督"继承权,即所谓"姊家督"。山崎丰子的小说《女系家族》所讲述之故事即为一例。

比较中日两国传统继承制度,可知中国继承制度重视父系血统之传承,财产实行诸子均分,即体现父系血缘纽带的"家"的形成原理。日本从德川幕府开始确立长子单独继承的"家督继承"制度,女儿、养子、婿养子均可为继承人,即体现日本传统氏族模拟血缘集团的"家"的形成原理。家业是全家赖以生存和发展的经济基础,要使它世代相传。家业和家名因时代、阶层不同,其内容有所不同,在氏族社会主要是氏上的地位(氏神祭祀权);在部民制下是地位和奉公;在氏姓制度下是指姓、社会身份及职位;在大化改新后是指官位和职业;在武士、幕府时代是武技、奉公、俸禄。农民和手工业者的家业指生产技术,艺人的艺技,商家的屋号(暖帘)及其信誉等。在京都常能见到百年甚至数百年历史的老铺,婿养子制度便是维系老铺延续的重要根本。日本的寺院住持在生前一般也要指定后继者,通常是自己的长子。如果没有儿子,那就要寻觅婿养子。如果后继乏人,则需要该寺庙所属的总本山指定继任者,那么老住持的家人都须搬离寺院,不得继续居住。因此住持们都尽量希望自己的儿子或女婿继承寺产。

4

且以《小梅日记》第一卷第一篇为例,略窥小梅一家的日常生活。试译如下:

嘉永二年八月一日

天气佳,大咳。

今日乃梅本千太郎元服礼,请夫君亲执剪前发之仪式。因此清早即以乌帽子亲之身份循例赠送祝仪并扇子一箱。夫君得彼方分赠之幼鰤鱼,持而归。

岩忠买鱼。得康吉鳗二尾,价一文目。酒一升五合,价二文目。又酿佛手柑酒。

购入兰引(按,葡萄牙语 alambique,江户时代酿酒、制作香料的蒸馏器)。小者七文目,大者似为十八文目。

安兵卫自松下而来。曰小儿昼前病死,今晚拟举行葬式。

此前夫君与岩一郎共以红豆饭并寿司为祝仪款待千太郎。黄昏归宅后岩一郎径往松下吊唁。

七时许(日本古代时刻,七时为凌晨或下午四点)仆人权七持提灯向母亲大人奉上酒券一枚。

濛濛细雨时有飘落。

(1) 通货

江户时代金货、银货、钱货三货通用,官定换算率没有太大变动。

文目，和造汉字为"匁"，江户时代银币重量单位，"小判"为一两的五十分之一到八十分之一，根据时代与每日行情不同而有所增减。

一匁（十分）约为今日一千日元。

一两约为今日六万日元。

一贯目（一千匁）约为今日一百万日元。

一分（十厘）约为今日一百日元。

一厘（一文）约为今日十日元。

那么康吉鳗为一千日元，一升五合的酒约为今日之两千日元。兰引则要贵一些。江户后期物价上涨，一碗鳗鱼饭约今日三千日元，一盏甘酒约今日二百四十日元，一只西瓜约今日一千二百日元，和日本今日物价相较，倒还接近。

(2) 家族

日记中的梅本千太郎为豹藏之弟藤四郎的长子。岩一郎为豹藏与小梅之独子，生于天保四年（1833）一月四日，是年十七岁，后改名雄辅。母亲大人即川合辰子，其时约六十岁左右。

元服礼即男子成人式，十五岁至二十岁间举行，改梳成人发饰，改穿成人衣装，并改幼名。乌帽子亲，即乌帽父母，武士家男子举行元服礼之戴冠仪式时，代其父母为之戴乌帽子、改乳名取正名之人，多由本族长者或地位高贵之人担任。

(3) 年代

嘉永是一八四八年至一八五四年间日本的年号，当时孝明天皇在位。这位天皇经历了黑船来航、近代开国等艰难激变，在倒幕开城、尊王攘夷、樱田门之变的时代浪潮中急病死去，年三十九。幕府方面是十二代将军德川家庆在位。天保八年家庆即位，而实权仍在父亲家齐手中。家齐死后，家庆推行天保改革，为江户三大改革之一，发布俭约令、风俗取缔令等，管制物价，但以失败告终。嘉永六年（1853）六月，四艘美国军舰驶入江户湾附近的浦贺海面，军舰装载大炮若干。将军佩里携带要求日本开国通商的美国总统国书。家庆急死，幕府在一片混乱中接收国书，即"黑船来航"事件。幕府时代公家势力衰微，皇族仅有虚名，处境并不乐观。据说曾有倒幕藩士到京城同孝明天皇商讨尊王攘夷之事，带来腌鱼若干为礼物。孝明天皇仔细食毕，命宫人留下鱼骨。藩士不解，答曰留作泡饭用。诸藩士悯而泪下。

短暂的嘉永年间是日本开国前夜的过渡。嘉永二年（1849），四十六岁的小梅不知是否有夜明前的朦胧预感。所见寥寥数语的日记中，也只是看到一个操持家务的妇人的影子。

（4）饮食

此段日记中出现了两种鱼，幼鰤鱼（はまち）与康吉鳗（あなご）。小梅日记中常常写到鱼。譬如：

"恐有大雨而不出行。得大鲷鱼一尾、虾四只、吉野纸三卷。"（嘉永二年八月九日阴）

"朝保田铁助赠送带鱼、鳟。"（安政六年十月朔日）

"夫君四时许去学校……近藤乡左卫门惠赠酒肴一笼、大幼鰤鱼一尾、中鲷鱼四尾。因夫君不在家，故将诸物暂且搁置，携带酒、鲷鱼一尾、百合根一束去往学校。途中与夫君相遇。诸事顺遂……鲂鮄四尾、鲷三尾共七尾，撒盐后送往京津荷顺德，得五百余文目。购入木屐，计百三十文。此日极忙碌。"（安政六年十月廿日）

其中鲷鱼出现的频率很高。鲷即加吉鱼，因色泽鲜妍，通体嫣红，在日本常用作道喜的祝仪。樱花季节正当其产卵期，鱼身愈发明丽，而有"樱鲷"之谓。江户时代鲷鱼不易得，被称作"鱼中之王"，故常以鲤鱼代替。江户后期俳文集《鹑衣》中有一句"人乃武士，柱乃桧木，鱼乃鲷"，说的都是上佳之品。天明五年（1785）出版过一册《鲷百珍料理秘密箱》，记载一百零三种鲷鱼烹饪之法。选译数条以助谈资：

鲷面之法

鲷鱼去鳞、鳃、内脏，清水洗净，鱼身并内部遍涂酒液。充分醉过之后再涂麻油，串以竹签，热油煎烤。复入锅内，浇酱油，下素面。此时鲷鱼已煎至微卷。锅内入鸭儿芹嫩茎、春菊（茼蒿）、香蕈细丝，再加鸡蛋一枚，略煮即可，乃为绝品。

水煮鲷之法

鲷鱼洗净，置入大锅，加水三分之二，酒三分之一，静静煮熟。冬日汤内加葛粉，夏天在盛水的大钵内冷却鲷鱼。鲷鱼汤与芥末酱油同食，味极佳。

利休鲷之法

鲷三枚去皮，切块浸水。火上煎烤，复与海带、酒、小块豆腐同煮。熟后取出，撒葛粉。小盘内盛青芥末。此乃利休大爱之物。

江户时期饮食类书籍相当盛行。如《江户料理集》《豆腐百珍》《海鳗百珍》《蒟蒻百珍》《大根一式料理秘密箱》，名目繁多。有一册《大根包丁物切方法之密传》，介绍十二种萝卜之切法。有"梅花""椿花""樱花""山吹""杜若""牡丹""抚子""百合""罂粟""水仙"等，配有绘图，很可爱。观诸目下日本书籍，与料理有关的出版物同样极为流行，也是传统有自。

此外，幼鲫鱼即未长大的鲫鱼，成鱼体长可达一米多，越冬之时滋味尤其腴美。本草学者贝原益轩曰此为"脂多之鱼"。康吉鳗同鳗鱼一样多以天妇罗、寿司等方式食用。小梅日记中出现的鱼都是相对高端的鱼类——譬如鲷鱼，在今天也是价昂之物。去年春节在超市买回一只鲷鱼头，用砂锅炖汤，加豆腐块，十分鲜美。或许秋刀鱼、鲣鱼这样平民廉价的食物，小梅一家是不吃的呢。

江户食事通常有"一汁一菜"之说，即米饭、味噌汤、渍物三种。这是普通市民的饮食，固然极简单。京都曼殊院丸炉之间保存有当时待客的菜单，有豆腐、海带、刺身、青豆、猪肉汤、牛蒡、山芋、鳗鱼，看起来还算丰盛。这是贵族的食物，要盛在美丽的描金朱地黑漆食案内，与中庭枯山水一起下饭。

享和元年（1801）出版的《女忠教操文库》也是一册与女子教养相关的书，有一章专讲女子饮食之仪。如生姜、芥末、烤栗、烤芋头等食之气味不佳，女子不宜尝也。味噌汤应先吃其中菜肴，再饮汤。筷头不可浸湿太多。不可吮吸筷头。应以牙签取糕饼食用。应以左手托馒头，右手拇指食指捏取食用。吃杂煮时应先在饼上放食物，最后吃饼，不可先吃饼。饮酒应高举杯盏至齐眉，否则为失礼。想起大河剧《笃姬》里，侍女几岛训练笃姬礼仪，也是如此事无巨细。

5

小梅有一幅画，描绘丈夫身披袈裟弹奏古琴。这应是明治三年（1870）豹藏获许隐居之后所作，一年后豹藏病逝，年七十八。

不过明治四年日记阙如，因此并不知当时小梅的心境。但十三年后（明治十六年，1883）在五月十五日的新闻中有这样一段：

"……同氏（川合梅所）亲族之席有嗣子川合雄辅、其次川合氏之妻小梅女史（参加梅所追思会）……祭典之初有招魂式，祭主九鬼祠宫诵读招魂词。仓田氏操琴，一坐寂寥，心耳皆澄。亡魂仿佛已及之矣。小梅女史泪流恸哭，诸人亦泣涕沾衣。"

小梅日记中有他们共同生活五十余年细碎点滴。梅所夫妇善饮，日记中常有"饮酒一盏""略饮一酌"之类语句，亦常"大醉"：

"前日，豹藏去友人家看花，大醉。小梅亦大醉。"（嘉永四年 三月七日）

"浣洗被褥。沽酒二升。佛手柑酒。"（嘉永四年 五月十四日 天气极佳）

"阿丰之妹奉公归来。略饮薄酒。"（嘉永四年 五月十八日 天气晴）

"与夫君共饮，夜中作和歌。"（安政六年 三月八日 阴有雨）

"夫君于某家饮一杯，又至学校饮一杯，夜归大醉。"（文久四年 十二月朔日）

亦有二人唱和书画之事："与夫君、母亲等共八人饮酒赏花。共作书画、诗歌、俳谐。樱花盛开，风色极佳。登楼眺望，花枝迎人……此日画作有：全幅岩菊、小幅佛手柑石榴、全幅菊竹枝、

合作樱蝶莲、全幅牡丹等共计十一幅。"（安政六年 三月七日）

"今日天气佳。与夫君同往宗泉寺，有诸友同行。登楼共饮，樱花将残。有四人先行离席，余人又饮，作歌云：古寺樱花散如雪，歌罢醉饮语风流。"（安政六年 三月十七日）

"食竹笋、茶泡饭。与夫君并诸友看花饮酒，夜中归来。牡丹仍含苞未放，藤花已开。作歌云：牡丹仍未开，幸有藤花好风姿。"（安政六年 三月廿日）

"与夫君并诸友同游，赏樱，读妙法莲华经，作歌。合绘樱花、菊花数幅。"（万延二年 二月廿八日）

小梅大醉后，有"夫君晨起生火，为小梅煮茶。此时小梅略略清醒"之句。若论《女大学》中"茶酒皆不可多饮"的金科玉律，那么小梅也不算合乎礼法的闺秀。然而想象小梅醉后作画作句，与夫君相傍而归的情状，闺阁之乐形诸文字，虽止寥寥数言，仍不乏风致，亦聊见江户末期普通儒者家庭风习之一斑。

前面提到的《女忠教操文库》中另有一章描绘江户时期不同阶层妇女一年十二月之事，关涉穿衣配色、风俗节令等等。姑且选译如下：

正月 睦月 初春 霞月 孟春（公家御所风俗）
正月衣装之事。织物宜绘梅重松重柳重青柳若紫之纹样。
二月 衣更着 仲春 樱月 如月（武家风俗）
二月衣装为红梅樱之衣。需缝制梅、柳、椿、山橘之衣。
三月为桃之衣。山吹花、款冬、青山吹。或柳、樱、山吹、桃之花与鹤。

暮春，金戒光明寺的藤花

三月 弥生 暮春 雏月 晚春（町人妇女风俗）

红梅和服带。或用白绫幸菱。缝制的衣物有红梅抚子小松橘纹样。

町人的妇人赏藤花与青松。藤寓指女性，松则为男性。

四月 卯月 青叶月 初夏 孟夏（百姓之妻）

四月朔日至五月四日宜着袷衣。

其时禾苗碧青，微风清凉。农家妇人田间插秧，送饭食茶水至陌头。

五月 皋月 早苗月 菖蒲月（町家女儿风俗）

五月五日乃菖蒲日。其外宜着菖蒲早苗之衣，抚子葵纹之衣，百合之袷衣。

六月 水无月 晚夏 风待月 九夏（妾风俗）

此月宜听泉纳凉。

七月 文月 初秋 七夕月 凉月（侍女风俗）

玩虫观秋草。七夕供构树叶。着红抚子色衣。

八月 叶月 初雁月 仲秋 金秋（倾城①风俗）

八月宜着穗芒之袷，桔梗女郎花之袷。

赏月观花，饮酒作歌。

九月 菊月 晚秋 长月 暮秋（游女②风俗）

九月宜着菊之袷与藤袴。重阳宜着月草小袖，红叶小袖。缝制雁羽金萩菊花红叶之纹样。年长之人宜用月草纹样。

窗外枫红，庭中菊花。在纸上写信给远人。

十月 神无月 时雨月 初霜月 初冬（艺妓风俗）

十月宜着枯野之色小袖、菊纹小袖。缝制红叶菊花纹样之衣物。亥之日③宜用紫。

十一月 霜月 初雪月 仲冬 阴天（乳母风俗）

十一月十二月冰霜覆雪，宜着雪纹小袖。缝制红梅绢物。或松纹、雪早梅、寒菊、南天竹等诸种冬木冬草。缝制衣物，应与四时更迭相契。

冰霜之日，宜用清秀飘逸之色，譬如白色。

十二月 极月 腊月 师走 春待月

此段为妇女内裙用色之说明。宜缝制鹤、龟、松、竹、谷

---

① 倾城，高级妓女。
② 游女，普通妓女，与倾城有别。
③ 阴历十月第一个亥日。日本此日有吃红豆年糕祈祷多生子女、去病消灾之俗。

椿与若草纹样。衣物纳绵。内外皆宜用红梅色。

赏樱、看藤花、酿造佛手柑酒、莳菊、看雪,这是小梅日记中的"岁时记"。江户幕府指定的"五节供"为一月七日(人日),三月三日(上巳),五月五日(端午),七月七日(七夕),九月九日(重阳),都是当时的法定节日。对季节更替纤细敏锐的审美,二月有红梅。三月看樱花饮桃酒,作汉诗与和歌。四月橘花纯白地开着,枝叶浓青。五月是紫藤,端午要在门前插上菖蒲与艾蒿,奈良则有妆饰药玉之旧俗。室町时代以后是要洗菖蒲水澡。六月看荷花,穿香染纱罗里衣、二蓝直衣与浓苏枋色袴。七月天极热,女子穿淡紫色外衣,浓紫里衣,浓红生绢袴。七夕祭牵牛织女二星,宫中举办相扑会,庭中张棚,供以酒、瓜、茄子。棚之左右饰以五色丝,于女红长进有助益。雾气很重的清晨,男子穿着色彩若有若无的香染衣衫,望着朝颜花上的露水,用茜草染红的陆奥纸写信。盖着多少含有汗香的薄衣打眠。秋风起来听铃虫。菊花开时拿丝绵沾花上露水擦拭肌肤。立田姬染红遍山枫树。重阳节。更衣节。冬雪来时,半卷竹帘看庭院中山茶花上覆盖的晶莹薄雪,感慨一句"这一年又要过去了"。都是美且寂寞的事。

6

川合家的生计有赖豹藏在家塾与学校的束脩,丈夫过世后,则依靠长子雄辅的收入。幕府末期诸藩财政穷乏,纪州藩亦不例外。纪伊半岛有漫长的海岸线,境内有相当于大阪湾咽喉要塞的加太湾、友之岛，故而极其重视军备。后来又有两度长州征伐，均以纪州藩为主战场，皆惨败告终，藩内经济益遭重创。嘉永元年（1848）七月川合家领二十五石俸禄，同六年（1853）十二月为三十石，庆应元年（1865）十一月为四十石。较之今日平均米价（参考数据出自日本农林水产物价2010年年鉴，十公斤大米约为四千四百日元，一石为一百五十公斤）大致可推知：一升为六百二十八点五日元，三十石约一百九十八万日元。如此川合家的月收入相当于今日之十六点五万日元，而日本工薪阶层平均月收入为三十六万日元左右（2008年数据），可见川合家经济状况并不乐观。生计困难在小梅日记中也有记录，譬如小梅常去当铺。天保八年（1837）正月二十五日，"领得禄米，往当铺以三十文目赎回小梅之和服腰带。余钱添补去岁空缺，所剩无几耳"。

嘉永六年豹藏就美国国书上表意见书，因获嘉许，同年十二月领三十石俸禄。故此年日记中有"四五年未清之账皆济矣"，"年中入用"一览中购入米、柴薪、油，酒"一石九升"。此年塾生所进诸物凡三百七十一件。有鱼、蔬菜、点心、布匹、酒、酒券等，其中两百七十六件皆因答礼而返流。此外，小梅家院内亦种植梅树、梨树、佛手柑，偶尔添补家用。不过三十石禄米依然十分微薄，故而日记中常见"当时物价皆高也""此节诸物皆昂"之句。参考《日本史小百科（货币）》与《近世后期物价动态》，可见幕府末期（嘉永、安政、万延、文久、元治、庆应）至明治时期，日本确因自然灾害多发、战争频繁而内外交困，米价暴涨，物价昂贵。

明治八年（1875），旧藩时代以米为家禄的制度改为金禄制。川合家领四十八元四钱四厘。翌年，家禄制废止。明治九年（1876）

一月三十一日，川合家嗣子雄辅申请担任小学七等教员。小梅亦为旧藩付家老（职官名）水野家的小姐们担任过一段时间的家庭教师。明治十一年（1878）九月二日，川合家领到六百一十七元十六钱的金禄公债证书。三十年内须全部还清。

据小梅曾孙志贺裕春所言，小梅热衷观察天候，喜爱地理、漂流记、外国事物、新鲜器物。日记中有关天气的记载的确丰富。在日期旁有一些特殊符号，如○表示晴天，●表示雨天，⊙表示"昨夜天气佳，又有雨"。此外还有彗星、雷雨、地震、洪水等记载。

小梅晚年日记中写到几位孙辈，如阿米、阿恒两位孙女。明治十三年（1880），阿米十九岁。翌年阿恒十八岁，都及婚嫁之龄。"午前内藤室自京都带来织染物，是给阿恒的和服。"（明治十五年三月廿七日）"此日阿米去店里梳发髻。此外购入纸笔若干。"（明治十五年四月廿二日）"今日天气佳，无事。午后三时有客来，商谈阿恒婚事。"（明治十五年五月三日）

阿米结婚后不久，阿恒也出嫁。小梅日记中写"阿恒亦有喜色"。不久日记中有"十分担心"，"言语之间确乎有事也"之句。阿恒结婚三月即离婚，小梅日记中留下一句"因双方脾气不合"。

明治二十二年（1889）十一月二日，八十六岁的川合小梅去世。这一年二月日本新颁布宪法（明治宪法），民权运动热情甚高，国家意识日益膨胀。当然此后的一切已与小梅无干。《小梅日记》后记中，校订者写道："整理此书的数年间，我不事家宅扫洒诸事，镇日埋首故纸堆，给家人带来许多不便，然而他们依然给我太多鼓励与支持，我十分感激。"是读完此书后很大的福利。

从小梅初为人妇的十六岁到垂垂老去的八十六岁，日记依然如最初一样，饮食起居、家计琐事。因这不是文学的笔法，故而关乎她心情与情绪的文字并不算多。因此那些平凡家常的背后偶尔斜逸出的闲笔令我很惊喜，譬如花信，譬如醉饮。八卦丰富、文笔精美的日记当然更吸引人，而我依然对这三卷琐碎平凡的日记怀有敬重，就像翻阅一个人的一生，细到每一日的阴晴雨雪、吃穿用度。日记此物好像茶叶或干海带，泡开就是满满一盏，可以还原当日的风色。仿佛能够听见叹息，看见那时的光阴，望着浮尘在黄昏的余晖中蜉蝣一般细细飞舞。

2011 年 1 月 6 日

一叶

1

最初读到樋口一叶，是萧萧翻译的那篇《青梅竹马》，后来看到林文月译版，叫作《比肩》，直译原文题目"たけくらべ"。故事很简单，讲吉原花街长成的小姑娘美登利，与龙华寺住持之子信如之间的少年情谊。信如雨天没有带伞，弄断了木屐趾襻。美登利在纸门里看见，拿了一段友禅红绸过去，走到跟前又不置一词。她觉得信如的每一个动作都极笨拙，可又不敢对他说，我这儿有绸条，你用这个来做趾襻罢！她只是待在那儿，也不管身上被雨淋湿了，一直那么半藏着身子，怯生生地望着信如。后来这条友禅染红绸终于是落在雨地里，少年有惆怅与哀愁，但也没有拾起来。笔致温柔细腻，又天然未凿，如满月皎洁的清光，意译成"青梅竹马"也很贴切。

此文是一叶的代表作，发表之初即获众人赞赏。幸田露伴曾云"恨自己迄今未写过一篇如《青梅竹马》一般优秀的作品"。森鸥外亦云"真想把作品中的文字分送给当代的评论家和作家们咀嚼一下，每人分五六个字，以便作为提高技术的启发"。纵有过誉之嫌，亦可说明樋口一叶的作品给当时文坛带来的震动与惊喜。其时有评论称赞一叶是可与紫式部、清少纳言相提并论的人物，一叶在日记中提及此事，很是一副冷眼，认为风评多夸张不可取信。这是自矜也好，自谦也罢，她的小说确乎是日本文学史中独一无二的。她的际遇也足令人追缅叹息。她生年如此短暂，创作尚处探索阶段，连新旧文体的运用亦未熟稔自如。倘若寿命再长一些，大概还会有更多优秀的作品，当然这些都不可假设。

2

明治五年（1872）旧历三月廿五日（新历五月二日），一叶生于东京一户下层官吏之家，原名奈津，又名夏子。当时父亲樋口则义四十三岁，母亲多喜三十九岁。大姊藤女十六岁，长兄泉太郎九岁，次兄虎之助七岁。

樋口则义撰写的家谱中自称樋口家乃藤原氏支流，事实上他出身甲斐国山梨郡荻原村农家，只是不甘务农，读了一些书，又在当地净土宗寺庙内修行了一段时间。他曾想投靠大族浅井氏后裔，然而未果。安政四年，二十八岁的则义来到江户，费尽周折打通关节，用积蓄买下武士之职。又借妻子生下长女后到旗本稻叶家做乳母之机，终于谋得同心①之身份，总算改换门庭，跻身士族。但此时距离幕府瓦解仅余三月而已。

庆应四年（1868）九月八日改元明治，次年则义转任东京府下

---

① 江户幕府官吏职官名，下级官员，负责警察、庶务等。

辖之九等官，月工资仅十圆。后担任东京府警视厅下级官吏，此后二十年来一直就此微职，薪水从十五圆涨到二十圆。以明治二十五年为例，当时新闻记者月俸十二至二十五圆，银行职员初入职月俸为三十五圆，通过高等文官考试的公务员初入职月俸五十圆。可见则义在世时樋口家的财政状况并不算糟糕，因此也有余力维持士族之家最基本的门庭尊严。泉太郎、虎之助均入学堂，念私塾。明治十六年（1883），泉太郎成为户主，可惜并不珍惜父亲千方百计得来的士族身份，先是从法律学校退学，西去大阪谋生。可惜后来一事无成，很快返回东京。并在给家人的信中写了一首很不通的汉诗：

> 失意迷来大阪府，仅入悟道归京城。如今所策为何事，只剩天时得地利。

明治二十年（1887）十二月，廿四岁的泉太郎死于支气管炎。这一年一叶十五周岁，父亲刚从警视厅退职，二哥虎之助早已另立门户，大姊藤女离婚后也已再嫁，下面还有十三周岁的妹妹邦子。这是樋口家衰落的转折点，翌年二月，十六周岁的一叶继承户主。父亲变卖居所，倾尽家财，投资运输承包生意，过起了辗转赁居的生活。但赌徒式的孤注一掷并没有挽救樋口家的命运。明治二十二年（1889）父亲生意破产，一病不起，不久撒手人寰，父亲在世时为一叶定下的一门婚事也被解约。这段遭遇与《洗澡》中姚宓的经历很有相似之处。姚宓遭临家变，可以断然舍弃前程与婚事，侍奉在母亲身前。她饱读诗书，才华横溢，性情里一点小刻薄也被后天教养的宽容忠恕之道消磨。这个人如此聪明透彻，也因作小说的人替她安排了名门出身、家学渊源，让她有应对诸般人事的智慧与通达。但一叶没有这样的底气，面对归宿渺茫、浮沉不定的命运，面对家徒四壁的惨淡，注定无法洒脱。她一生未嫁，对待感情战战兢兢、如履薄冰，在日记中反反复复申明决绝超然的态度，那些冗长重复的句子大概也正暴露了她孤独、敏感、隐忍、不甘、矛盾、矜傲的心迹吧。

3

父亲过世后，户主一叶尚未满十八岁，需要另找一位监护人。一家人再度迁居，与早年独立出户的虎之助同住。日本家族法实行严格的长子继承制度，后来在民间亦有"姊家督"之制，即让长女继承家业，本质上是遵行"一子继承"。虎之助做了六年的陶艺学徒，后号奇山，晚年移居京都，关东大地震后返回东京，以陶工、萨摩金襕画工驰名。他与家人关系薄淡，共居不久即与母亲关系趋恶。

明治二十二年，一叶留下数首和歌，皆是秋风霜露之哀叹：

　　薄露侵衣袖，秋风起哀愁。

一叶虽只念过几年小学，但父亲也是按照培育士族闺秀的方法教养她。父亲喜好歌咏，家中略有藏书。一叶日记中自况，"七岁即读《八犬传》"。小学退学后，在父亲友人的介绍下，她在歌人和田重雄门下学习过半年。如今留下的最早作品是明治十七年（1884）

东京文京区本乡四丁目,樋口一叶故居旧址

一月的几首,如:

> 未曾告知任何人,庭中已有一枝梅。

其余是咏樱、深山春雨、菜花、春雪、燕子,全用套语,并无特别。当然十三岁的小女孩作歌,本身就是很可爱的事吧。还是玩《百人一首》的年纪呢,会想到《春之雪》中童年聪子的样子,拖着长长的尾音念着哀愁的句子,其实还在一片懵懂中。

明治十九年(1886)八月,一叶加入和歌塾萩之舍,作了中岛歌子的门生,束脩一圆,每月礼金五十钱。每周六有研习会,每月有歌会。那正是萩之舍的全盛时代,门人凡千余众,许多贵族小姐云集于此。那位嫁给朝鲜末代太子李垠的王妃梨本宫方子曾也是萩之舍的学生。

在萩之舍，一叶有三位来往较多的朋友：伊东夏子、田中美浓子、田边龙子。一叶初入萩之舍尚用"夏子"之名，因与伊东夏子关系尤近。田边龙子后名三宅花圃，是活跃于明治大正年间的小说家，后来渐渐湮没无名，晚年略作几笔散文。她比一叶大四岁，在萩之舍是一叶的师姊，在歌塾的地位比一叶高许多，一叶对她的态度很微妙。明治二十年（1887）花圃发表处女作《薮之莺》，得稿费三十三圆二十分，一时名噪，也激发了在贫穷中挣扎的一叶写小说的欲望。花圃回忆一叶：

> 初见时她刚十五岁，小小的女孩子，能张口诵出"壬戌之秋，七月寄望，苏轼与客泛舟游于赤壁之下"……也一起讨论该如何梳某种发髻，如何变着方法梳头，还有许多生活上的小事……

在伊东夏子的记忆中，一叶"眼睛近视得厉害，也看不清周围的人。头发很稀疏"，"我、田中美浓子、一叶都是普通人家的女儿，自然与华族小姐无甚来往。有时招待歌会的客人，我们三人还须帮忙传膳斟酒。故而三人关系极厚，无话不谈"。

明治二十三年（1890）五月，一叶寄居中岛歌子家中做住宿佣工。刚开始相处还算愉快，后来一叶渐多怨言，与伊东、田中二人多有倾诉，称中岛吝啬刻薄，私生活令人难以开口。一叶对和歌的兴趣也淡了很多。也许《大年夜》中那位悭吝冷漠的太太就有中岛的影子吧。《大年夜》讲在大户人家做女佣的阿峰家道艰难，债台高筑，为给家人看病，向女主人借钱。女主人未允，阿峰无奈之下偷偷拿走了主人家的钱。正在她心神不宁，准备在事情暴露后陈述心迹，并做好自杀的觉悟时，却发现她动的那叠钱已被这家的不肖子全部拿走了。故事到此为止。寒风中小儿的希冀，想吃一口烤年糕。十指浸在冰冷的井水中。在炉灶前拨弄火炭，起初只想烤一分钟，却不知不觉拖延着，最后挨了东家的骂。这些细小的片段很真实，如同亲历。我总以为那个在井台边奋力提水、那个绑着袖带在炉前拨炭的姑娘就是一叶自己。

在荻之舍寄住的时间仅五月而已，是年九月末，她与母亲、妹妹搬离虎之助的家，迁往本乡菊坂町。虽出身寻常，却也是父母娇养的女儿，从小在父亲膝下多读了几册书，知道了士族信奉的礼义廉耻，想必自尊心极强，岂能容许自己沦落婢女之途。往日虽与贵族小姐们有身份之别，但好歹可倚仗自己的聪敏与才气，叫人另眼相待。如今眼见课后诸人前呼后拥散去，自己却留下来陪侍在侧，名义上俱为同门，实际地位却有云泥之别，此种落差定然深深折磨过她。她在歌中吟咏寒露之菊、行路时雨，十九岁这一年在焦虑、茫然、贫穷中黯淡地过去了。

4

一叶的妹妹邦子（くに，亦写作国子）很小就去专科学校学缝纫，帮助姐姐操持家务。姐姐去世后又为她保管日记、手稿，是一叶至为忠诚的姊妹。明治二十四年（1891），在邦子友人野野宫菊子的介绍下，一叶结识了当时的小说家兼记者半井桃水。

半井桃水出身医师之家，据说年轻时肌肤白皙，美风仪。在三菱商社工作过很短时间，因与上司意见不合而离开，放浪京都一带。明治十三年（1880）八月入朝日新闻社，明治十六年（1883）娶妻，妻极貌美，但翌年死于肺病。桃水专写流行小说，即所谓戏作云耳，在当时并不算有名。与他初见的情形一叶在日记中有详尽记录：

> 今天我头一次访问了野野宫菊子以前给我介绍过的那位半井先生……这时候，从门外传来了停车的声音，大约是他回来了。不一会儿，他换过了衣服来到客厅，恳切地打了招呼。我因为不太习惯这种寒暄应酬，所以觉得耳根发烧，嘴唇发干，不知道说什么才好，只是不住地行礼。半井先生大约有三十来岁。虽然描写他的容貌是对他有些失敬，但是我愿意记下我的印象来。他气色很好，神情温和，当他微笑的时候，恐怕连三岁童子也会喜欢他。他个儿很高，体格健壮，的确是仪表堂堂。谈话间，他逐渐谈到现代小说，他对我说，我所喜欢的人家不喜欢，因为人家不喜欢才受不了社会上的欢迎。日本读者的眼光太幼稚啦。
>
> 他接着说，我从野野宫君那里听说你打算写小说。虽然开始写作的时候很苦，但慢慢会习惯的，请忍耐一下。我虽然没有当老师的资格，但如果你有什么想商讨的事，请不要客气，随时来找我吧。

他说话很诚恳，我听着非常高兴，竟不觉流下泪来。我们正在谈着的工夫，他家已经准备了许多菜留我吃饭。我想头一次来不该打扰人家，所以一再辞谢。他说，我家有乡下人的习惯，如果来了朋友，不管新朋友也好，老朋友也好，虽然没有什么好菜，但总得请吃顿饭。所以，你假使不客气，我才高兴，我也陪你一道吃吧。他一再这样劝我，我不好意思再拒绝，终于答应了。雨越来越大，天也黑了。我说，该回去了。他说，已经雇好了车，坐车回去吧。我临走时把已经写好的小说中的第一回草稿交给他。又向他借了三四部他所著的小说。

这是明治二十四年四月十五日星期三的事。当时一叶二十岁，桃水几乎比她大了一轮。桃水所撰《一叶女史》中亦有此日之回忆，录之如下，可互为参证：

我与樋口君相识大约是明治二十三年的事（此处应为二十四年，桃水回忆有误）。当时我与两位弟弟、一位妹妹、两位学生、一位下女共七人，赁居于芝区南佐久间。妹妹在筑地女子高中读书，其同级友人野野官君欲介绍一位可爱的人来……那就是樋口夏子君，抱着很大一只包袱，帮人家做着缝补浆洗一类的活儿维持生计。其时住在本乡菊坂町……当日她着裕衣与条纹素服，系着样式很老的腰带，不太浓密的头发梳着一只小小的低低的银杏髻，并无簪饰，看起来有些清冷。对谁都是谨小慎微，略略躬身，面上不施脂粉，一副静肃的样子。进来后三指着地行礼，诚惶诚恐，并不抬头。肩膀微颤，声音很低，却十分明晰。

极尽恳切的礼数,有昔日宫中女官接待来客的风度……对坐长谈两小时,我的膝盖因正坐而感觉痛楚……她的身体并不十分好,想谋求一份职业,因为女红针黹实在不够养家。她说愿意承受任何非难。

前文已略述一叶小说创作的初心,即见到师姊田边龙子写小说得稿费,而发愿以此为养家的新途径。半井桃水的出现不啻为她人生的转折点,或曰创作生涯正式开始的节点。

此后一叶对桃水的态度渐渐变得宛转款曲,可见日记:

> 有雨。冒雨到小石川。中午天晴,阳光灿烂。今天总觉得不能安静工作。这是为什么呢,自己也不清楚。日暮时回家。晚上接到桃水师的信。信上也谈到有关小说的问题。又说,想把那天对你谈过的即真居士(朝日新闻社记者)介绍给你。如果有时间,请于明天上午来神田区神保街俵公寓一谈。我跟母亲商量,她同意了。今天晚上不知怎的,心事很多,睡不着。次日清早起来,天色阴沉。我很沮丧,今天恐怕要下雨。母亲说如果下雨就不要出门。我说不好意思让他白等,雨不大还是要去一趟。换衣服时母亲说天蓝了。我很高兴。但来到田町附近,又乌云密布,下起大雨……(一八九一年四月二十五日)

这番千回百转,不难看出一叶对桃水依恋、倾慕、渴求的复杂心情。她失去父兄,担当一家之主,忧愁柴米,为生存挣扎。桃水的出现是很大的慰藉,寓意着创作的希望、交游的拓展。她压抑奔波的生活好像照进一道光。初入歌塾时她已读过《源氏物语》和《枕草子》。开始写小说后,或许是感觉自己读书不够、笔力不足,或许是受到桃水的鼓舞和指引,她开始挤出可怜的时间去上野图书馆,这段时间阅读了大量日本古典作品。如《御伽婢子》《今昔物语》《太平记》《日本纪》等。桃水对一叶的帮助可谓不遗余力,增删指点,书信往来频繁。明治二十五年(1892)三月,在桃水主持的同人杂志《武藏野》创刊号上登载了一叶的处女作《闇樱》,之后又持续发表两篇小说。《闇樱》篇幅很短,故事也简单。萧萧的译本中并未收录,只见过林文月的译文,讲的是东京本乡青梅竹马的少年少女,成年后相恋。姑娘病重,临终时少年来看望,她却不愿让他看到自己的病容。原文有很多残留的古典语法,也有许多套语,还相当束手束脚。人物塑造、情节设置均很单薄,但却是她开始作家生涯的第一步。"一叶"这个名字也首度在出版物上露面。她还有其他笔名,如浅香、春日野等,不过最终定名"一叶",取一苇渡江之意。

明治二十五年也许是一叶记忆中不太灰暗的一年。创作略窥门径、与桃水交往渐深,这些都应该给她带来过喜悦,如日记中所云:

> ……回家写回信时,想不到半井先生来了。大家赶紧收拾房间,闹得手忙脚乱,因为他其实是头一次到我家,费了很长时间对母亲和国子作了初次见面的应酬。听说他最近搬到本乡西片街去了,他这次到我家来,一来是通知这件事,二来是要谈有关《武藏野》的事。他说,《武藏野》的发刊因为种种缘故一再拖延,这回决定在后天——二十日出版。校样已送来。恰是在我搬家那天送来的。因为没来得及给你看,我就替你看

了。如果有错漏，还请你原谅。虽然只用茶点招待，他却整整谈了两个小时。我很想挽留他。但看样子他还有别的事，只好让他走了。母亲和国子谈论开来。母亲说，多好看的人啊，像死去的泉太郎，为人很忠厚呢。不管别人说什么，他绝不是品质不好的人，真有贵公子的风度。国子说，妈妈可又看错人了，他虽然表面上看起来很忠厚，但瞧那微笑时讨人爱的嘴唇，正是谋士的本领。母亲不安地说，总之，刚才半井先生说，现在住得近了，我也没地方可去，今后代替运动晚上常来拜访你们。这可麻烦啦。要是给人瞧见，说长道短，可不是开玩笑的……今天半井先生的装束是，里面一件八丈绸的内衣，上面套一件褐蓝两色条纹的绸夹袍，松松系一条白绉绸腰带。外面穿一件黑八丈绸外褂。（三月十八日）

她夜里在灯下写日记，事无巨细记录有关这个人的一切，甚至回忆起他的衣着，会有快乐与羞涩么？仿佛是《源氏物语》的笔调。

下午到半井先生家去。《武藏野》出版了。他送了我一册……晚上十点钟左右校完二回的稿子，请母亲陪着我把稿子送到半井家去。这一夜没有做别的事。（三月二十七日）

母亲让我到半井先生家去看看，我就在下午出了门。恰巧那位表妹也在那里。今天我梳的是岛田髻。他们都好奇地看我。有人说，今后常梳这个头吧，跟您很相称。我害羞极了。（六月七日）

我难免要想象这种情态，在默默喜欢的人面前被众人品评发型，羞怯窘迫之余，会不会也觉得很快乐。

不过写作并没有将她拯救出噩梦纠缠般的贫穷，譬如等待稿费的惶惶不可终日：

> 那篇打算登在《都之花》上而交给金港堂的小说，如今已经快有一个月了，却还不见寄稿费来，但又不好意思催促，只好每天眼巴巴地等信。母亲因为手头困难经常向我诉苦，这也难怪她。这个月没有一点获得收入的门路，虽然给《甲阳日报》也写了六回左右的小说，如今却连一点消息都没有。应该每天寄来的报纸，这两天不知为什么也不见寄来。想这想那，心里烦躁得很，入夜后，许久不能合眼，看书看到两点钟。（一八九二年九月十九日）

又譬如陷入自我怀疑：

> 虽然清楚知道自己知识不够，学问浅薄，却立志从事文学这一门中最难的小说，想借以维持一家三口的衣食。说是大胆好呢，说是不自量力好呢？夜半醒来，常常出一身冷汗，并没有人知道，真痛苦。（同年九月二十日）

好在接下来一天，她去图书馆的时候，金港堂的编辑送来了稿费十一元七十五钱。二十三日，把稿费中的六元送给了母亲，母亲非常高兴。当时樋口家穷困潦倒，父亲留下的古董均已散尽，到了典衣买食、四处借债的地步。一叶与妹妹邦子每日缝制浴衣三件、裕衣两件、絮棉裕衣两件。裕衣一件十五到二十钱，絮棉者二十至三十钱，收入极薄。日常粗茶淡饭，勉强果腹。每有客来，出去买鳗鱼饭，这在一叶看来是何其心痛的侈费，但还要顾全待客的体面。

明治二十六年（1893）六月，一叶与桃水的绯闻在萩之舍沸沸扬扬起来，一叶也知道桃水有各种女人，得了性病，欠了许多钱。闺友伊东夏子问她"究竟是重视世上的情义还是爱惜家声"，后来连老师中岛歌子也穷追不舍地盘问。终于到了要与桃水绝交的地步。据一叶在日记里说，有人称桃水在外宣扬与一叶结婚的流言，一叶甚为愤怒。但更真实的原因则是一叶误会桃水弟妹鹤田民子是桃水的情人，并认为鹤田民子生下的孩子是桃水的私生子。此事对一叶打击很大，六月中，终于向桃水提出了绝交的请求。此后一段时间多与师姊田边龙子有来往，田边将一叶的作品推荐到《甲阳新报》与《都之花》，给一叶不少帮助。写作方面田边可算是一叶的恩人，但一叶对她始终保持距离，可能是文人相轻，也有可能田边平静充裕的生活状态让一叶有难以言传的失落。一叶不是斤斤计较的性格，但也没有办法豪爽洒脱地生活。在与桃水绝交后，做出了更大的放弃——暂停写小说。原因还是贫穷，母亲总在催促她赶紧写小说，劝她说没有一个作家一开始就能写出名作，希望她多多迁就。称即使有十年后扬名的希望，但眼下没有衣食是过不去的。到底是不信任她能靠写作养活全家，希望她找一份稳定些的差事，哪怕是绑起袖子干活也罢。六月里全家商量决定做小生意，六月末，她在日记里写了很长一段剖白：

人无恒产而无恒心。虽然憧憬花月风流，然而若无盐醋，终究无法生活下去。况且文学是决不能拿来糊口的。要写文章应该不受任何约束，纵情发挥自己的情感和趣味。我下了决心，从今以后不再把文学当作糊口的手段。开始从事流汗打算盘的做生意这一行。那鬓上簪樱、宫中贵族一般的风流往事都应如昨日旧梦一般忘记……从此也要开始追逐蝇头微利了。我并不希望有三井、三菱家那样的豪奢，也不想要玩世不恭的虚名，不过是想让母女三人免于饥寒而已。要是有工夫，我还要赏花赏月，心血来潮时我也要作歌、作文、写小说……不过，当作家的经验虽然不多，却也领教过那些不怎么奉承作家的书店老板对作家的种种要求。

我活了二十来年，一向不善于和街坊四邻交际，连在澡堂里把小水桶的水送给熟人的小应酬都懒得做。但今后就不得不问寒问暖地打招呼，讨价还价，去批发店购物、应酬主顾之类，实在叫人大伤脑筋。不过，尘世好像木架上的不倒翁，倒也罢，立也罢，都不由自己，只能听从造化。

且过下去罢，这尘世间的梦之浮桥。

最后一句和歌其实是用《源氏物语》之典，若直译则是，"且过下去吧，空蝉的渡世桥呀，梦之浮桥"。空蝉拒绝了源氏的爱，只余一袭如梦如幻的薄衣，也有说法认为空蝉的原型正是紫式部。留在世间的蝉蜕意指今世，世渡桥是渡离此世的桥梁，而梦浮桥是古歌中所云的缥缈意向，也是《源氏物语》最后一帖的名字。此帖讲薰君来到比叡山的横川，向僧都询问在小野出家的女子，说那正是自己眷恋的浮舟。僧都致信浮舟，劝她还俗，与薰君重归旧好。浮舟最终并未动心，而愿归隐在宇治的山川。想到一叶熟读《源氏物语》，难免揣测，她正是想要如空蝉远离源氏一般远离桃水，也要如浮舟一般隐遁尘世。

5

明治二十六年七月，一叶居家迁往下谷龙泉寺町，经营一家很小的杂货铺。龙泉寺町一带毗邻花街妓馆区，环境嘈杂混乱。此后一年多的日记名为《尘之中》。如她自己所说，"已下定决心，放弃一切，要在尘垢的市井中厮混下去。"（七月七日）

铺子里卖的是纸张、香、针线、小点心一类的物件，开始生意相当惨淡，十月中有几天略有转机，但终于难以为继。

茫然低落的时候，她在井边发呆，心想如果这样落魄下去，沉沦下去，在尘世中就再无机会与桃水相见。"把他忘掉吗？我的一点相思将如幸运消散在空中"。也许和父亲一样，她根本不具备做生意的头脑和能力。迁居开店，不过是一半赌气一半赌博罢了。命运没有对她格外垂青，做生意对她来说是堕落不堪的事，既难放下身段去想如何招徕顾客，更不屑于锱铢必较，失败是必然。

事实上她与桃水并没有真正断绝往来。最穷窘的时候也曾写信向他借钱。

这年十月廿五日，《文学界》友人平田秃木来访，约她写下月的稿子。七个月来头一次见到文艺界的朋友，一叶非常欣喜。不久又去萩之舍造访数月未见的中岛歌子，在廊檐下眺望庭园，黄白二

细雨霏霏的初春黄昏,路过一叶故居旧址

色菊花很清香，花瓣被露水沾湿。想到往日朝夕出入于此，曾亲手收拾过这间庭园，如今却身居陋巷，周围全是破破烂烂的房子，过着没有前途的黯淡生活，又悄然落泪。

  为什么要落泪呢。如果想要过这样身穿绫罗绸缎的舒服的日子，当然不必这么烦恼痛苦地过一辈子。因为我自己愿意这样的漂泊才挣扎到今天。既然这样，我应该脸上泛着满意的微笑才对，不应该感到悲哀。（十一月十五日）

她总是在日记里反复陈述自己的心迹，告诉自己应当如何，要看淡什么，要如何坚持，如何隐忍，恰说明她内心的诸多期许与盼望。她如此心高气傲，希望自己出类拔萃，对自己的处境暗怀哀怨愤恨。如果她果真在尘之中过下去，把小铺经营得好一些，改善家中的经济状况，说一门亲事，结婚生子，孜孜矻矻地生活，大概可以过得好一些，然而如果那样，尘世间就不会留下樋口一叶这个名字了吧。

这一年岁暮依旧捉襟见肘。新年出门拜年，能穿的衣服都在当铺里。继续举债，四处求人，完全没有获得收入的希望。听见市上卖豆腐的声音，觉得很耳熟，原来是住在菊坂时经常看到的那位。在贫穷的深渊中无法自拔，她又想以命运作赌注，从事更高风险的投机生意，因此结识了相术师、投机商久佐贺义孝。久佐贺自然知道她的窘境，倒是没有让她继续做生意，而是想娶她为妾，在经济方面也接济过她。一叶周旋其间，往来书信亦多媚语，昔日旧友无不冷眼鄙弃。不过最终一叶还是与他绝交，这位久佐贺先生只是她彷徨空虚时一段插曲,为她日后小说创作时增添了一点阅历而已。

明治二十七年(1894)四月,一叶访问桃水,打算继续创作小说。五月,家中到了粒米不剩的境地。一叶"不愿意一辈子做这种斤斤计较的事情,正如风前之尘不值得为此操心。决定把小铺关掉,不再做生意。然而家中已变卖一空,无处告贷",全家再度迁居,搬到本乡福山町,因新居庭中有池水,此后的日记为《水之上》。水之上的生活比尘之中要好一些,她在萩之舍获得助教之职。九月以后在家为人讲授和歌与古典文学。十二月在《文学界》发表《大年夜》,返回了宿命般的写作道路。

尘之中九个月的生活是一叶创作新的转折点。明治二十七年(1894)十二月到明治二十九年(1896)一月,她进入创作生涯最高峰,也正是后人所谓"奇迹的十四个月"。这段时间她发表了《大年夜》《青梅竹马》《行云》《空蝉》《那个孩子》《浊流》《十三夜》《暗夜》等,如花火盛极时漫天绽放,惊动文坛。幸田露伴、斋藤绿雨、森鸥外等人均予以极高评价。森鸥外丝毫不吝赞美之辞:"即便世人嘲笑我盲目崇拜一叶,我也在所不惜想赠她'真正的诗人'这样的称号。"

一叶与斋藤绿雨有过一段愉快的时光,这些在日记中均可找到蛛丝马迹。最初绿雨给她写信,说有事要谈,但不愿登门访问,要一叶保守谈话内容的秘密。不久收到他四页密密麻麻的信,关于《浊流》和《岔路》。他感慨时下的评论家眼光太糟,文人品性不佳,劝一叶不管毁誉,一直向前。一叶最初对绿雨怀着戒备的态度,不久就缓和下来。有两日绿雨登门造访,讨论一叶的小说。有一节很有趣，他们谈到小说《自焚》里的细节。"在这个刮过一阵无影无形的风都会哗然的尘世里，原野的虫声当然是隐藏不住的，即使是露珠般的小事也会暴露出来"，是说夫人与书生之间的风波，读者不知二者之间是否真有苟且之事。有人认为这是作者搬弄文笔，故作迷阵，夫人与书生并无瓜葛。有人认为这是女作者下笔暧昧，不愿挑明。一叶说，"原野的虫声"已解释了一切。绿雨笑云："又输给了露伴。"是说他与幸田露伴讨论《自焚》一文，露伴赞同夫人与书生的私通论，而绿雨此前并没有看透这一节。"原野的虫声"，短短一句点明一切，这是留白的写法，余下的任人想象。纸上只有空茫原野，虫声唧唧。不写满，留有余地，这已是摸得门径了。

这一日一叶也记录了绿雨的形容，"正太夫有二十九岁，身材消瘦。只是在嘴边有说不出的讨人喜欢的地方。身穿细条纹绵铭仙夹衣，套着蓝底碎白点花纹的布外裯。可能是绸里子。说话声音不高，但很清脆，很响亮，条理很清楚。……我开始觉得尘世有意思了。这个男子，把他当成仇人也是有趣的，成为自家人更有趣"。他们一直谈了四个钟头，真可谓如切如磋如琢如磨。在六叠大小的居所内畅谈小说的作法，暂时抛开贫穷的困扰，大概是一叶最快乐、最安详的时光。

6

我很爱读一叶的日记，从二十岁到二十五岁，心思密密如织，喜悦、悲伤、希望、失落、挣扎，无不可作她小说的注语。透过日记，仿佛更容易走近她的世界。东京大学文学部毕业的高桥和彦出版过一册译成现代语的一叶日记,更容易读懂。

明治二十五年(1892)三月十日有一段:

> 明日赏梅天气到底是如何呢。旁人都在等待着好天气,我却希望下雨。荻之舍的朋友们都是无法交心的上流社会的妇人,与她们在一起,不好笑的事也要强作笑颜,无趣的事也要强作欢颜。我常常因此终日不乐。高级料亭"植半""八百松"于我而言又有何意义呢。将母亲和妹妹留在家中。别人认为喜乐的地方皆是我伤心落泪之处。如果天怜我这番苦心,应该下雨罢……当晚为母亲读有趣的小说。夜里居然真的下起雨来。"万岁!"

再看下一日的,有这样一句:

> 从门内望出去,发现白茫茫的光线,下雪了。

可想她看到这样的大雪,知道赏梅之事可以取消,怎样的喜悦呢。岁暮对她而言也最为最为难挨。家徒四壁,去岁债台高筑,新岁前途未卜。明治二十五年十二月二十八日云:

> 野野宫昨天晚上住在我家,今天早上还没回去。母亲说为了庆祝捣了过年的年糕,要做小豆年糕汤,在厨房里忙碌着。我也打算在冈野屋把年货送来之前到金港堂去领稿费……伊东夏子那里我也负着债务。虽然她并没有限定偿还的日期,但不应该置之不理。因此就顺路到骏河台的她家道歉……领到了

《晓月夜》三十八张稿子的稿费，十一圆四十钱。这块头巾本来因为东西太小，染坊不肯给染。我费了很多唇舌，才勉强收下。可是染坊没给熨平。母亲说，这么冷的天，没有头巾多寒伧。她一面说，一面辛辛苦苦用熨斗把它熨平了。这些内情旁人哪里能够想象？我也不曾考虑到这些。当我这个寒酸的作家回到家里时，年糕也送来了，酒也送来了，酱油也送来了一桶，债也还了，全家高高兴兴的。想起来人生何其空虚啊……

二十九日、三十日：

这两天拼命写作。只是天亮时打个盹儿。我打算在三十一号以前一口气写完一篇小说。相当痛苦。三十号上野的伯父送来岁暮的礼物。害我一日不能执笔。夜里在灯前坐到十一点。邦子一再劝我说，有了命才能有名誉和声望。你何苦这样费尽心血呢。我们看了也难受。你写信辞退好了，今晚好好休息吧。我觉得她说得很有道理，终于搁笔。身心俱疲，很快入睡。

二十多岁的女孩儿，过年要一块新染的头巾，费尽唇舌恳求染坊，母亲将之仔细熨平——这些都是很令人伤心的事。

她对桃水的感情最后也归于沉寂。明治二十八年（1985）六月三日，他们见过一面：

昔日的美貌如今已消失殆尽。雪白的肌肤已全然变成黑色……很消瘦。令人怀念的话语，微笑时的样子，却没有丝毫的变化。确实如父如兄。他问，你现在多大了呢，是二十四岁了吧。和五年前的样子丝毫没有变呢。就这样毫无顾虑地聊天。正因为他，我体会到人生至深的悲哀，不知多少次流下泪水。这些他都是不知道的罢。我不是只想和他做普通朋友么。如今的我已全然舍弃了欲望，再也不会去想，如果和这个人共度一生该是多么有趣的事呢……夜中大雨。

翌年，即一叶在世上的最后一年，日记中只写到寥寥数次与桃水会面之事。至于一叶病重时桃水是否来访，已无从可考。

艰难的生计与高频率的创作完全耗损了一叶的健康。明治二十九年（1896）四月，一叶咽喉肿痛，已是肺疾的先兆。七月十三日归乡扫墓，身体状况益发糟糕。八月初到医院检查，诊断结果很不妙。据妹妹邦子回忆，姊姊当日穿着棉羽织，形销骨立，郁郁寡欢，几无一言。

一叶病后，绿雨多方奔走，延医用药。森鸥外介绍来专擅肺疾的医生。幸田露伴也多次登门探病，陪伴一叶聊天。一叶或许很感到慰藉。直到今天，幸田家与樋口家依然保持着交谊。九月后，病况略有好转，心情也稍稍开朗。然而秋深之后旋发高热，久而不退，病势急转直下。十一月后，医生已放弃治疗，全然绝望。六叠大小的病室，一叶瘦削不盈一握，鬓发蓬乱，双颊潮红，对探病的来人强作微笑。这段时间的日记也只是残句而已。泉镜花给她写过问病的明信片，担心她病体不耐刺骨寒风，在《薄红梅》中写道："一叶女史总是穿得十分整齐，傍着小桌坐下，端端正正提起笔来作小说，像是在做一件十分郑重的事。"

是年十一月二十三日上午,一叶去世,年二十四周岁,法名智相院释妙叶信女。她充满苦难与焦灼,又丰沛热烈的年轻生命至此结束。

镜花后来写过一篇很短的《一叶女史墓》,感叹一叶在清冷的墓台中是否寂寞。他的好友镝木清方据此有一幅同名作品。弯月如钩,墓台前香烟缭绕,竹筒内供着白色山茶。一位竹纹蜻蜓羽织的年轻女子伏在碑前,怀中有一枝水仙花。这是一叶的魂魄,或者正是《青梅竹马》中的美登利?《青梅竹马》的结尾有这样一段:

> 在一个寒霜的清晨,不知何人将一朵纸水仙花丢进大黑屋别院的格子门里。虽然猜不出是谁丢的,但美登利却怀着不胜依恋的心情把它插在错花橘子上的小花瓶里,独自欣赏它寂寞清秀的姿态。

一叶生前曾命妹妹邦子烧毁日记,但邦子视之如珍宝。一叶过世后数年,母亲也死去。邦子四处躲债,日记幸有绿雨保管。昔日旧友当中,有人赞同遵照一叶遗愿不将日记公布,又有人认为这是一叶重要的作品,应当公诸于世。最后几经删减,到底是顺利出版。

当时半井桃水在朝日新闻社工作,仍在写着他的流行小说。一叶日记出版之后,因内容多涉对桃水的一番深情,他也受到同人的嘲弄,于是有了以下自陈:

> 如此感情炽烈毫无忌惮的女作家告白录,对人生毫无歪曲的观察记录,与此有很深联系的我,被写得很多。我是如何被

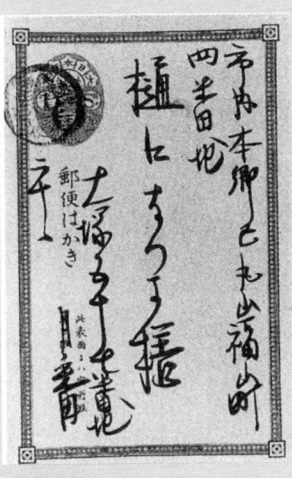

镜花写给一叶的明信片

女史认为的，又是如何被对待的，参考这些记录的事情，也未必是有益的。

我对任何人，对已故的一叶女史，都没有逾越兄妹的感情，这是自不待言的。我虽也多少窥知一叶女史的内心，亦不必矫饰。实际上我可以确信在一叶女史心中的恋情不过是现实生活中夸大的东西。有时候一二文士传来一叶女史的恋爱故事，我也不过一笑而已。女史所歌咏的恋人不是实际的人，而是理想化的人。我读到日记中的一切，方知一叶女史不过是使用了一部分理想的恋爱材料而已。此外的事我一概不知。

不知是桃水慑于流言刻意撇清，又或者是他对一叶当真连"发乎情止于礼"的地步都没有达到，一切只是一叶作茧自缚，已不得而知。一叶留下满纸眷恋溘然而逝，那曾经眷恋的对象却在她死后百般作态，实在可耻。他并不堪与一叶的爱和才华相提并论，而世人的纷纷俗论，本也与一叶毫无关系。

7

写这些时正值旧历岁暮，日本如今用新历，故而没有一丝年节气氛，反而不会引起客居的愁闷。深夜从学校回去，走在路上，寂静的银河横亘在天宇，漫天星光。一叶不少小说的时间设定都在除夕，大概在岁末，凄惶、孤独、失落会更清晰吧。那些句子读来也尤为戚然，会觉得我可以离她很近，几乎能听见她的叹息。有人说，一叶在日本文学史上留下如此盛名，是不是与她的际遇、命运有关。

虽然她生前也曾说："他们不过是认为一个女人能写小说很好奇罢了。"她清醒认识到，自己身处男性视角的审视之下，并没有因为他们的毁誉真正动摇内心。但她震撼人心的始终还是她的才华与作品。我当然也曾幻想，如果她可以有更长的生命，或许会得到更多快乐，也会留下更多作品。她走过的荆棘之路几乎是许多从事艺术创作的女性都会走过的道路，因为这条道路上有一叶留下的光焰，后来的人永远可以得到鼓舞与安慰。

祇王寺往事

　　京都西郊地气潮湿，山水滋润，适合养苔。著名的西芳寺，隐于丛林深处，数度改宗，经历过火灾、洪水、荒废，终因地利生满青苔，得来苔寺的美名。寺庙面积很大，庭园为梦窗疏石所造，分上下两段，上为枯山水，下为池泉回游式。上段已荒废，下段碧波清池，翁郁林木在浓密青苔上留下扶疏光影。小径曲折，移步换景，的确很美。苔寺不公开，要事先明信片预约，必须严守约定时刻。

　　后来听朋友说，现在去苔寺已不用抄经，可以直接看庭园。大概是名气大了、外国游客太多的缘故。最初苔寺为控制游客数而抬高参观门槛，设置复杂的申请手续及严格的参拜流程，最终仍无法阻挡游客的好奇心，反更添一种热闹。

　　其实嵯峨山脚的祇王寺也是看苔藓的极佳去处。穿过摩肩接踵的岚山街区，过天龙寺、竹林小径，渐有空旷农田。途中遇见芭蕉的落柿舍，门里门外种了好几株柿树，不知是不是芭蕉种下——应该不是，因为都不够大。过二尊院，游人渐稀，再走一程，就到了浓荫遮蔽的祇王寺。竹门内苍苔满地，遍植枫树，墙外环绕竹林，阶下种满盆栽。因为在山中，水气丰沛，青苔十分浓郁，层叠深浅，

祇王寺的苔藓

碧翠可爱。寺里止一间草庵，有一扇圆窗，光线幽暗。佛龛内供奉四位《平家物语》中的女子：祇王、祇女、刀自、佛御前。

祇王、祇女同为刀自之女，祇王舞姿优美，深受平清盛宠爱。之后清盛新宠佛御前，祇王悲哀之际，与母亲、妹妹同往山中出家。不久佛御前也跟来，四人共同修行。这个故事有些不可思议，想到住莲山安乐寺的松虫铃虫姊妹的故事，此二人为宫中女官，受后鸟羽上皇宠爱，颇遭宫人嫉妒。后听住莲上人与安乐上人说法，一心向佛，趁上皇赴熊野之际，乘夜逃往寺内，乞求出家。安乐寺留有《安乐上人铃虫姬剃发图》并《住莲上人松虫姬剃发图》。这同样是很有意思的故事，不过结局凄惨：上皇归来，大为震怒，处死住莲与安乐,将他们的师傅法然上人与亲鸾法师流放他乡。其中疑问也很多:当时女子真有如此自由,可自宫内连夜出逃?寺庙又真能给予她们庇护么?祇王对清盛要如何失望,才能狠心出家?佛御前对祇王究竟何等情深,竟可勘破情爱,追随主人的旧爱?不过祇王寺后来的一任住持高冈智照尼倒是确实存在的人物。从祇王的时代起,这里就是治愈女人心伤的地方。

据智照尼的《祇王寺日记》及自传《衔花鸟》大略可知其生平。明治二十九年(1896)生于奈良,自小母亡。因私生子之故,尝尽艰辛。十二岁被父亲卖给大阪年老的歌舞伎演员作妾。十四岁转卖大阪富田屋作舞妓,改名千代叶。其时,伊藤博文常来富田屋包场,不过千代叶资历太浅,未曾有交往。但接待过西园寺公望与住友春翠。舞妓、艺妓虽有不少机会接触名流,但她们常常难得善终,种种凄凉故事,频繁出现在宫尾登美子小说中。十五岁,拥有第一位"相公",即艺妓的固定资助人兼情人,但心许的却是歌舞伎演员市川松茑。不久,相公在她手镜内发现松茑的照片,二人关系紧张。"相公是惯游花街的人,一定知道花街的女子是怎样的身份。十五岁的舞妓对歌舞伎者怀有淡淡的恋情,绝不是无法原谅。"她对相公表示真心的方法是剪断左手小指,包在手帕内送给对方。如此惊世骇俗的行为令她一时难以立足大阪,遂往东京,改名照叶,极受追捧。印有她照片的明信片也大有市场,由此声名益噪。十九岁脱离妓籍,嫁人作妾。二十四岁又嫁操盘手,赴美旅行。丈夫忙于工作,她便去纽约郊外一所寄宿制家政学校读书。很快,丈夫有外遇,她也爱上同校女友。归国后夫妻关系愈恶,两度自杀未遂,终致离婚。二十八岁再度赴美,辗转法国,生下一子。归国后困于生计,重为艺妓。一九二三年，出演电影《爱之扉》，反响平平。与医学博士再婚，也未长久。在大阪开酒吧，生意兴旺，却又陷入情感纠纷，只好避居故乡奈良，并入高浜虚子门下学写俳句。对繁华世界萌生退意，三十九岁时在奈良久米寺剃度出家，得号智照。两年后，在俳句杂志上读到一篇文章，说京都洛北某小寺的老尼后继无人，便前去探访。结果有人将荒芜已久的祇王寺介绍给她。"映入我眼中的祇王寺，隐藏着祇王与祇女的悲伤往事，历经风霜，沧桑荒凉，仅一户小庵。但这枯朽的草庵，却令我安心，预感此地是我栖息之所。"果真在这里度过了此后的五十余年。

一九六三年，濑户内晴美以智照尼为原型创作小说《女德》，并有同名电视剧。之后，她也出版自传、日记与歌集。比起装帧浮夸、打着"祇王寺庵主"名号的自传，我更喜欢《祇王寺日记》，有嵯峨岁时风物，有许多可靠的细节，观点也犀利，足见其人性情。譬如评价苔寺："那里苔藓品种极多，各有名目。我只去过两次。一次是萧索的冬季，一次是新绿之时。但也并不认为那苔藓能留下什么特别的印象。这样说，或许也因其评价过高，我对之抱有太大的期待吧。比起苔藓之美，更感动与敬佩的，是能无微不至地照管那样阔大的庭园。"物价上涨，杀虫剂、蚊香、草庵修缮费，无不花钱。"现在的紧急问题是想想挣钱的方法吧？可是谈到钱的问题，完全没有自信……当然也不能绝食。"后来开始拼命写稿赚钱。祇王寺也设下门票，虽然收入不错，但她很不满熙攘的游客，认为他们带来了"莫大的精神损失"。六十九岁时在日记中写："现在最希望得到的东西：1、健康的肉体、明快的思考力、丰富的精神生活环境。2、宁静的时间。3、独立的书斋、想看的书籍、辞典等。4、专用的厕所（水

祇王寺内

祇王寺附近的小地藏

洗式）。""我还有很多很多书想读，很多未知的东西想探索，想拓展自己的知识。"她享寿九十八岁，生前表示"想清净地死，不要任何人看到我死去的模样，很快烧去，埋在寺中"。波澜跌宕的一生，可称圆满。

看她艺妓时代的照片，确为佳人。落发后的照片，缁衣素扇，极清瘦，依然美丽。寺里后来养过一只白猫，名まろみ，略有两点黑眉，细目尖颊，居然与智照尼有几分相似。猫常伏在透过草庵吉野窗纸洒下的清光里，眉间似含幽怨，不响不动。前年，它以二十高龄过世，庵堂内有它小小的供桌。原已静极的小寺庙无它的踪迹，愈发寂寞。

2015 年 3 月 18 日

蓼花替谁争晚香

今年年初在寺町通四条以南的书砦梁山泊买了几册日人讲北京的旧书。书砦梁山泊是几位年轻人开的旧书店，内容很有分量。在京都的住处太小，书架紧张，不好意思多留这类闲书，春假就带回了北京，直到今晚才翻开看。一册《北京十二年》，西园寺公望之孙西园寺公一著，一九七〇年出版。西园寺公一曾加入日本共产党，一九五八年举家到北京，从事民间外交，致力中日友好与世界和平，一九七〇年返日。是书讲述他在北京的种种见闻，因其特殊身份，曾出入中南海，受到毛泽东、周恩来、陈毅等人的接见。一九六一年，周恩来于中南海西花厅设宴招待溥仪家人、溥杰夫妇等人，西园寺夫妇亦同席。据说席间周恩来对溥仪说："你一生做过三次皇帝。宣统帝时你尚年幼，并无责任。袁世凯三日天下时，太短暂，谈不上责任。伪满洲国时责任重大。如果日本反动政府企图复活军国主义，要把你搬出来，你该怎么办？"溥仪答："我将与之作战。"二十世纪六十年代的日本正全力发展经济，是年冰心还写了《樱花赞》。因此这番对话似乎很突兀，聊备一说。

书中还有"文革"时的琉璃厂、红卫兵、样板戏、五七干校等篇目，

京都大学人文科学研究所藏华北交通写真之《中秋节》
（月光马儿、果物店）

都不甚有趣，不是好看的文章。或许作为个人史的记述，尚有一定价值。这与作者的出身、社会地位有很大关系。与政治（或政治人物）关联甚深者，恐怕文章是另一种味道。有一篇写朝内菜市场，很鲜活的题目，却也沉闷无聊。他在北京住台基厂的宅子，待遇不差。过去我住北河沿时，也曾去过朝内菜市场。小市民忧心柴米的慨叹，大概他并不能体会到。

另一册是村上知行一九四〇年出版的《北京岁时记》，装帧艳丽，封面为中国风彩绘，环衬页有北方剪纸纹样，有春夏秋冬四大章。村上知行（1899－1976）生于福冈博多，幼年失怙，做过商店学徒，后任记者，自学汉语。一九二八年到上海，一九三〇年以后居于北京，曾任《读卖新闻》特派员。一九三七年七七事变后辞职，拒绝协助日本的战争政策，坚持反战。一九四六年与妻儿返回日本。曾翻译《三国志物语》《聊斋志异》《剪灯新话》《水浒传》《肉蒲团》《金瓶梅》《西游记》等，一九七六年自杀。此书写作已在战时，作者在北京也住了十年。岁时记是老题目，显然他也熟谙北京的各种掌故图书，多见引用。因是写给日本人的普及读物，中国人读来难免多觉浅显。但还是有可爱的片段。如："拜年之后，一家团圆，饮椒柏酒，即日本的屠苏酒。之后吃煮饽饽，即日本的杂煮。一般也叫饺子，牛羊肉与白菜切碎，加韭菜等，用面粉擀了薄皮包起来煮熟。但正月要斋戒茹素，一日不吃肉。不同人家还会在饺子里包入金银钱币或宝石等。"夏天讲天棚、鱼缸、石榴花、夹竹桃、晚香玉、指甲花、茉莉花，还说北京的餐馆有一味清香的"茉莉竹荪汤"。秋天讲烤羊肉，大店有前门正阳楼，东安市场东来顺。小店有烤肉宛、烤肉季、烤肉王，是为"烤肉三杰"。吃涮羊肉和螃蟹，以及各种甜瓜。冬天讲到腊八粥与年货。"杂拌儿"是花生、栗、梅干、西瓜子、榛子、莲子、山楂等，与糖水藕粉和蜜枣混合。

　　书中记录了若干童谣，如中秋一首："鸡冠红红，菊花黄黄，蓼花替谁争晚香。剩下芭蕉流残泪，打了皂子洗衣裳。月亮东，圆似灯，一层一层往上升。多烧香，多供酒，一家大小庆一宵。月亮斜，中秋节。又吃月饼，又供兔儿爷。穿新袜，换新鞋。也跟奶，也跟姐，上趟前门逛逛街。月亮空空，圆桌放院中。我烧香，你打磬。祝庆阖家不得病。"眼下正应景。"蓼花替谁争晚香"，这句文雅优美，不似童谣风格。查阅文献，才知北京大学《歌谣周刊》（1936年10月3日）第二卷十八期即收有此歌谣，题名"河北歌谣"，注曰"通行北平"。当时《歌谣周刊》有中秋专题,有不少可爱的句子,如今自然是消失殆尽了。我幼时在祖母身边,也听到过不少歌谣,能记得的,唯有"斗斗虫",仿佛是拿两手食指相对,说"斗斗虫",触碰后再拿开,说"碰碰飞"。是非常小的时候才有的游戏,祖母的声音似乎仍在耳畔。后来查到《歌谣周刊》里果有《斗斗虫》,且有各种版本,四川是"斗斗虫,咬手手"。唯独宁波的那首与祖母唱的很接近:"斗斗虫,虫虫飞,飞到何处去,飞到高高山上吃白米。吱吱哉,吱吱哉。"离乡日久,我连方言都讲不太好,只是有些时候,读到书里某些段落,会突然想起祖母的声音,"原来是这么写"。方言的消失最可惜是声音的消失,留在纸上的只是字句而已。

前日去燕园散步,清池中团团小荷叶,红蓼丛生,秋意盎然。听老师说,平常池内无水,都种庄稼。今年夏末才买水灌塘,于是这个季节竟不是残荷听雨,而是新荷纤纤。

2014 年 9 月 18 日

青木正儿图编之《北京风俗图谱》

有关旧京琐事的文章与图谱,我一向十分爱读。北京古籍出版社陆续出过不少整理本,如《日下旧闻考》《国朝宫史》《酌中志》《天咫偶闻》等等,都深富趣味。百余年前的日本也有一些热爱这些旧京风物的学者,譬如中国文学研究者青木正儿。一九二五年、一九二六年间,青木正儿以文部省在外研究员的身份留学北京,对北京的风俗尤为留心,并延请画工,详细记录北京的风俗。有关个中情形,他在《中华名物考》序文中曾有详细介绍:

> 半个世纪前,我在京都大学读书。那时我感到,为了加深对所攻专业中国文学的理解,有必要知道中华的风俗,我常常在研究室饶有兴趣地翻阅上海出版的《点石斋画报》。于是,在某个暑假回家期间,偶然在一个古旧商店发现了《清俗纪闻》十三卷。因为其中对清朝的风俗有详细的说明,并配有插图,这正合我意,虽然缺了一册,我还是马上把它买了下来。(中略)
>
> 另一方面,我当时对江户文学也很感兴趣,除了戏曲、小说之外,还涉猎随笔。在渔猎的过程中,对山东京传的《骨董集》、

柳亭种彦的《还魂纸料》、喜多村信节的《瓦砾杂考》《筠庭杂考》等书征引古图以考证古代风俗器物的方法深为心折。我觉得研究中华风俗也应该借鉴和学习这种方法。因而稍稍注意观察，知道在中华风俗画盛于明代，但明版书籍稀少，进入清代后，随着文人画的流行，风俗画被轻视而未能流行。总之，这方面的资料很缺乏，运用这种方法进行研究也就很不容易。尽管如此，大正末年，我受东北大学的派遣到北京游学。一到北京，我就尽自己的微薄之力，试着收集明版的插画，但符合自己要求的资料却极难得到，回国后用这种方法写成的东西仅《望子考》一篇而已。

（中略）我想，古代的文化现在还活在民间，如果留心观察，也许会有有趣的意外发现，总之，先得请人绘制一套风俗图。于是，我决定向大学申请若干费用，以《北京风俗图谱》为题，分岁时、礼俗、宫室、服饰、器用、市井、娱乐等七个细目，物色画工绘制。中川氏的《清俗纪闻》是在对来长崎的浙江、福建一带的人做调查的基础上，请日本画师画的南方的风俗。与此相对，我这是直接请北京人画北方风俗，所以就条件而论，我是相当有自信的，但是由于没有足够的资金雇用合适的助手，再加上逗留时间短促，回国后，求人做事，不能完全尽意，所以没有取得预想的成果，勉强完成了一百多幅彩色图。

这部图谱后来一直藏于东北大学附属图书馆，原谱封面题"岁时图谱"四隶字，下有三行云："日本青木正儿编、中华刘延年图、丙寅三月。"并青木正儿识语云：

乙丑、丙寅间，余留学燕京，暇日往往游街观风，乐旧俗之未废，意欲请人图之，请学而许可。乃自编目录，付之画师，事始就绪，而余南游返国，仍托友董理，三易画工，阅两年而成焉。题曰《北京风俗图谱》，凡八门：曰岁时、曰礼俗、曰居处、曰服饰、曰器用、曰市井、曰游乐、曰伎艺，共一百一十七图，装为八帙，藏诸吾学图书馆，教授青木正儿识于东北帝国大学支那学研究室。

刘延年的生平已难查考，似乎是当时北京很普通的画工，也算不上画家。青木正儿原想为此谱添加一些说明文字，以助名物、风俗研究。但自一九三八年起，他就调到京大工作，图谱不在手边，也很难借出来，这项研究便告搁浅。

一九六三年八月三十一日至九月十八日，为促进中日邦交，永乐宫壁画摹本及建筑模型赴日展览，一同访日的中国文物博物馆研究所所长王冶秋也去了仙台，并见到了这部图谱，非常感慨，希望能影印出版此谱。此后，平凡社打算将之收入"东洋文库"，并请中国文学专业出身的内田道夫撰写解说。当时也想影印彩图，但考虑到成本，还是暂以黑白版面世。这便是一九六四年平凡社出版的两卷本《北京风俗图谱》。青木正儿为此书作序，试译云：

此图谱系大正末年，余于北京留学中起草，制定目录，命当地画工绘制而得。其时有赖余所奉职之东北大学法文学部所支出之费用。归国后，余志在自作图说，与图谱并行出版公诸于世。惜乎忙于本职，无暇着手。光阴荏苒，结果余转任京都大学，图谱底本徒劳搁置于东北大学图书馆内。然而近日幸得东北大学教授内田道夫博士珍惜此谱，业余执笔著作图说，又有平凡社将之与图谱一并刊行，诚为无比喜悦感激之事。

最初余因以戏曲小说为文学研究之中心，于风俗方面尤为关心。前些年借游历江南之机，顺便略作观察，未有懈怠。于北京预定居留一载，多少能允安顿。因而恰可藉此机会于人烟阜盛处行走，缓步于庙会，闲逛小摊，漫步背街深巷。余所注意之北京古时风俗尚存，然亦有新式洋风影响，古风渐失。而今将此记录，虑其不久即将湮没消亡，作此图谱，亦不失为一法也。

但余于北京居留期间甚短，费用亦不算多，欲寻合适之画工殊为困难，故而成果极不满足。然而古旧之风物正日日改变。于今日之人民共和国，此图谱之意义或许亦愈来愈大。

昭和三十九年二月二十七日
于洛北之守拙蓬庐　青木正儿识

就在作序的这一年十二月二日，青木正儿在同志社授课后离开教室，下楼时突然栽倒，猝然辞世。

一九八四年、一九八五年间，日本东方书店要翻译邓云乡的《鲁迅与北京风土》，译者是中央大学文学部的井口晃和早稻田大学文学部的杉本达夫，编辑是东方书店的中村正。中村正一九〇九年生于北海道，曾在满铁调查部、中日贸易专业商社工作，一九七四年至一九八九年在东方书店任职，编辑过不少与中国相关的书籍。一

青木正儿编、刘延年绘《北京风俗图谱》(部分)

九八六年夏,此书以《北京之风物(民国初期)》之题在日本出版。中村正与邓云乡通信颇频,也给邓寄了不少日本的书籍,其中就有东洋文库两卷本《北京风俗图谱》。邓对此记述云:

《北京风俗图谱》我所得到的是平凡社一九八二年第九一次印刷的,编号为《东洋文库》二十三。第一次出版印刷是一九六四年七月。这是两本草绿绸封面,横开小本的普通精装本,外有两个硬纸书函,分装两册,只看外表装订,就感到十分淡雅宜人,古韵四射。(中略)

这部图谱是黑白图,且是缩小了印的。原画有多大,不知道,但根据画幅内容观察,原画色彩是很鲜艳的。不然,制成黑白版,不会有这么许多层次。原画也是相当大的,不然不可能容纳这许多人物内容。如"岁时"第一幅"春联门神":一座贴了门神、春联的大门,门前多人,送客告辞者二人,拱手贺岁者二人,旁立一仆人,向长辈作揖拜年之小孩及受礼之老者二人。

用放大镜观察,人物神态均极生动。大门大梁及门神彩画,放大观察,层次分明,笔触工细。在放大镜下,旭日芝兰新甲第,春风棠棣旧家声,比芝麻还小的春联上的字清晰可辨。

而在一九八六年六月,平凡社终以彩印横十六开本出版此谱。已至古稀之年的内田道夫在后记里说,一九六四年,中国作家代表团曾至仙台,访问东北大学,内田赠送了刚出版的东洋文库本《北京风俗图谱》,担任团长的老舍翻阅此谱,非常高兴。回首沧桑世事,感慨无尽。内田常年讲授中国文学,认为文学史的视角是设

甘博（Sidney David Gamble）镜头下民国时期的北京女子风貌，与《北京风俗图谱》中的描绘皆可对照。上左：1920年代孔庙的旗人妇女；上右：1920年代梳髻、着长旗袍与平底鞋的青年女子，她边上是作袄裤装束、裹足的老年女性。下：1910年代后期，美国卫理公会教堂外盘髻、着袄裙的妇女。

定时间性的历史坐标轴及空间性的风土坐标轴,把握作为两者交点的文学则于研究十分有益。那么,何为风土?作为风土一部分的习俗及其传承则具体且容易把握。这正是理解外国文学的第一步。不仅要理解习俗的传承,也要理解其变化,这不仅是理解文学史的重要关键,也是研究文化史和历史的重要关键。

彩色版图谱还请中国史学者寺田隆信作解说,"旧版为黑白缩印本,阅读起来于细部考察殊为不便。方今再版彩色大型版,意义深远","北京自来便是充溢着色彩感的城市,古今同此。设若从景山之巅远眺,西面有北海白塔的白玉光辉,南面有紫禁城黄琉璃瓦辉映日光。靠近看,宫殿建筑物也全施以鲜艳醒目的色彩。特别吸引人目光的是红、绿、蓝诸色。不唯宫殿楼宇如是,一般民家亦同此","《图谱》完成后至今,已至第六十一年。其间北京经历了沧桑巨变。屡经动荡,政治方面亦屡屡更换主人公。因而于风俗、生活样式方面亦有极大影响","但历史与传统中培养的风俗,并不会这样简单地消失。稍加注意及观察,会很意外地发现,旧风俗依然存留"。寺田以历史学者的眼光撷拾文献,与图谱所绘情形一一对照、解释,又介绍自己一九八一年十月至次年七月在北京的种种见闻。那是复苏中的北京,是许多日本学者念念不忘的、新鲜又质朴的北京。

此谱画工虽差强人意,但描画风俗人情无不细腻。如汉女之纤足、旗女之高底、童儿之额发、男子之烟杆、七月半之河灯、中秋拜月时所供的月光马儿与鸡冠花、妆台陈设、厨房器具、儿童玩具、店铺招牌……还有隆福寺庙会、夜市小摊、妇人儿童买花儿……都是可贵的图像资料。内田先生的注解也细致周到,引用诸多图文资料,如《燕京岁时记》《荆楚岁时记》《中华名物考》《江浙风物志》《吾国吾民》《清俗纪闻》《帝京景物略》《北京民间风俗百图》等等。有意思的是,图谱中的旗人女子的装束往往让人觉得还在清末,而有些图画中也有穿长衫、戴眼镜的女子和穿倒八字袖袄裙的女子。曾怀疑这是不是画工不够写实,而比照同时期的照片资料,的确有梳燕尾、高高戴着两把头的旗人女子,也有梳爱司头、穿袄裙的女子,以及梳刘海、穿长衫、戴眼镜、双手相拢、搭着大围巾的女子。她们虽处于同一时空,所着衣饰却呈现出不同时代交错叠加的风景。这也为我们提供了理解过去"风俗"的新感受,即旧俗不会集体消失、很干脆地被新一种风气取代,历史断面的情形往往混杂了新旧各种面影。同理,一种思想、风潮也是如此,即便再流行,也不会占满某个时空,必然留有其他异色空间或空隙。

零九年冬末至次年初春,大考完毕,百无聊赖,镇日在图书馆地下书库消磨,将李家瑞所编《北平风俗类徵》仔细翻了一遍,以遣年青人泛滥的愁绪。书中写立秋日戴楸叶,吃莲蓬藕,晒伏姜,赏茉莉、栀子、兰、芙蓉花。又有十月以后,栗子上市。有萨其马,甜腻可食。冰糖葫芦,以竹签贯葡萄,山药豆,海棠果,山里红等物,蘸以冰糖,甜脆而凉。冬笋银鱼初到京,由崇文门监督照例呈进,与三月黄花鱼同。又写一岁中十二月之货声。春时,藕来哎,白花藕来。初夏,芍药来,杨妃来,赛牡丹来,芍药花。秋冬时有,秋的来红海棠来,没有虫儿来,黑的来糖枣儿来,没有核来。栗子味的白薯来,是栗子味的白薯来。真是有趣极了。我迷恋这些风物,以及个中人情。如今京里已难听到货声,偶尔不过是两三声"弹棉花——哎——""磨剪子——哎——"。早年春来市上还有人以小推车拉来萝卜，吆喝叫卖云"萝卜赛梨"。夜中都是老人或妇人提篮叫卖，一如旧京时"立春后竞食生萝卜，名曰'咬春'。半夜中，街市犹有卖者，高呼曰'赛过脆梨'"。

就像老舍写《想北平》，字字句句令我怅惘流连。不少日人对北京亦有一种情怀。譬如芥川龙之介对北京念念不忘，青木正儿回日本后也怀念华国的风味。都城的风土人情令人留恋，即便是世上人家的平淡生活，底下积淀的也是漫长久远的光阴。灯市口街内有老舍故居，当街是一爿小小的店面，出售与北京风俗文化相关的书籍。主人家脾气很好，养了两只猫。大的已经十多岁，小的还不足一岁。它们起居坐卧的场所就是书堆，惯见往来之人，气度不凡。很长一段时间里，我都爱在这间书店驻留、聊天，也买了不少书回去，虽然标价从来都不算低。那大猫后来归隐，不再出现在店堂内。小猫也已长成，傲然睥睨，不可一世。若干年前就曾听说国内有出版社要引进此彩图版《北京风俗图谱》，不知何时会见到？

2010 年 7 月 23 日

奥野信太郎与北京

近代以来，北京经历了帝京、故都、沦陷旧都等多种身份的转换，所承载的遗老旧梦、新贵野心、读书人之咏叹不可计数。特别是南京国民政府成立之后，北京失去首都的地位，预算变得紧张，城市发展方向也随之改变，政府开始致力于将北平打造成"文化中心"。掌故家们稽考旧京逸话，文学家们描摹古都不曾消尽的典雅，历史学家们或着重整理、编纂文献史料，或考察北京民俗风土、地理故实，积累了无数有关北京的回忆与观察。有些是对逝去生活方式的纪念与追怀，有些是对眼下生活的抗拒，有些是传统的重新审视及以新研究方式进行的考察。

一九二五年，顾颉刚等人调查妙峰山进香民俗时的相关讨论，便是"重新审视传统"及提倡"新研究方式"的典范。顾颉刚指出，不论是为社会运动着想还是为研究学问着想，都应当知道民众的生活状况："从前学问的领土何等狭窄，它的对象只限于书本，书本又只以经书为主体，经书又只要三年通一经便为专门之学。现在可不然了，学问的对象变为全世界的事物了！""凡是我们看得到的东西都看上几眼，知道一点大概情形，这便是常识。凡是我们看到的东西,自己感受了趣味,要得到深切的了解而往前研究,从此搜集材料,加以整理及解释,这便是学问。学问的材料,只要是一件事物,没有不可用的,绝对没有雅俗、贵贱、贤愚、善恶、美丑、净染等等界限。""朝山进香的事,是民众生活上的一件大事。他们储蓄了一年的活动力,在春夏间作出半个月的宗教事业,发展他们的信仰、团结、社交、美术的各种能力,这真是宗教学、社会学、心理学、民俗学、美学、教育学等等的好材料,这真是一种活泼的新鲜材料!"

北京的历史、社会、民俗等等也吸引了许多海外学者、作家,他们留下大量题材丰富、视角多样的著作。如喜龙仁的《北京的城墙和城门》(The Walls and Gates of Peking, 1924)、甘博的《北京的社会调查》(Peking: A Social Survey, 1921),都是重要的学术著作。曾在协和医院社会服务部工作的浦爱德曾著有《尹老太太:北京生活回忆》(Old Madam Yin, A Memoir of Peking Life[①]),通过记录一位北京老太太的烦恼、家庭、死亡,留下一幅二十世纪二十年代至三十年代北京中层家庭的生活绘卷。又如更早一些阿奇波德·立德的《北京指南》(Guide to Peking, 1904)、《北京我家花园的周围》(Round about My Peking Garden, 1905)等等,都是饶有趣味的"异邦人视角"的观察。诸如此类,不胜枚举。

日人对北京也抱有浓厚的兴趣,不论是出于调查还是寻梦的目的。一八九九年(光绪二十五年,明治三十二年)九月,内藤湖南第一次踏上中国的土地,游历天津、北京、上海、苏州、杭州、汉

[①] 日译本《北京の思い出、1926-1938》,山口守译,平凡社,1990年。

口、南京等地,访古凭吊,拜访名家,考察时局。他在中秋节夜里与友人登上崇文门内城墙赏月,看到了帝国落幕前夕的北京城。"在这个秋高气爽的日子里,一向尘土飞扬的空气也格外地清澄。白天邋遢肮脏、尘沙掩埋车轮的市区,也像冰冻了一般地清彻明净。""墙上虽然都铺着砖,但杂草茂盛,没过人顶,甚至长出了好几丈高的树来。城外的护城河水映着月光。各处的人家灯火稀疏,透过烟雾般的杨柳闪闪烁烁。河边模模糊糊看到有三四个中国人哼着曲子走来走去。都城的风景无限凄凉,让人觉不出这是君临在四亿生灵之上的大清皇帝的所在,我不禁流下泪来。"这是甲午战争失败、戊戌变法失败后的北京。

一年之后,义和团运动爆发,恰好在北京留学的服部宇之吉写下了《北京笼城日记》,一九二六年还历纪念时还写了《北京笼城回忆录》。一九〇七年,日本清国驻屯军司令部着手编纂《北京志》,即由服部宇之吉担纲,另外还有多位曾经到过北京的日本学者及职员共同编写(1994年北京燕山出版社出版译本,即《清末北京志资料》),这是"收集了有关北京的一切事项"的资料集,可以"对北京有全面的了解"(凡例)。民国之后,到北京留学、旅游的日本人更多。时移世易,他们所感受的古都,自然与内藤往日所见大有不同。他们交往的中国学者、读书人,也多与内藤昔日来往的人们隔了一个世代。他们留下许多有关北京的游记、随想,有些刊载于当时的学报或杂志,有些在日本出了单行本。平庸的作品当然有许多——参考今日我们常见的游记就知道,因此湮没者不在少数。平时流连旧书店,能遇到不少这类书籍。其中,奥野信太郎的《随笔北京》和《北京杂记》颇值留意,多年前就曾希望有译本面世,如今此书虽也有研究者留意、引用，但似乎仍无很好的译介。遂借整理旧稿之机，重作介绍，以期引起大家对奥野其人其著的更多关注。

一八九九年十一月十一日，奥野信太郎生于东京，父亲是陆军中将奥野幸吉，母亲是陆军军医、东京大学医科大学教授桥本纲常的长女政子。桥本晚年被授予爵位，跻身华族，因此奥野可谓出身显赫。在他七岁时，开始去外祖父家接受竹添井井的汉文教育。十三岁时考入开成中学，寄居在浅草的叔母家，从此迷恋戏剧，后来又沉迷永井荷风的文章。十八岁时，在父亲的要求下参加陆军士官学校的考试，但没有成功，从此益发沉迷戏剧，并热衷去浅草歌剧院看戏。浅草歌剧院最初由作曲家佐佐红华、舞者高木德子等人参与创作、排演，剧目丰富，演过《茶花女》。全盛时期入场费很便宜，二十钱或十钱就能在剧院里消磨半日。当日还是青年的宫泽贤治、小林秀雄、东乡青儿、川端康成等人都是那里的常客。后来，宫泽写过《函馆港春夜光景》，川端写过《浅草红团》，皆以浅草歌剧院为题材。一九二三年（大正十二年）关东大地震之后，浅草地区遭遇震灾，舞台道具与乐谱均毁损，剧场亦无法使用。一年后歌剧团解散，上演剧目也所剩无几。市民无心亦无力关注戏剧，浅草歌剧院的生命到此为止。

奥野又去考第一高等学校（东京大学教养学部的前身），也未通过。因倾慕荷风，二十一岁时终于考进荷风任教的庆应义塾大学，但当时荷风已经离开庆应，他深感失望。一九二五年，二十六岁的奥野从庆应文学部毕业，结婚生子，并觅得教职。一九三六年，他被选为同年度日本外务省"在华第三种补给生"，奖学金包括每月七十日元学费和三十日元津贴，开始了在北京为期两年的留学生涯。

在他提交的研究计划书中，表示自己对古代中日比较文学深感兴趣，并附上曾经发表在《史学》第十四卷第四号的论文《真福寺本游仙窟考勘记》。是年七月二十七日，他抵达北平，寄寓孟公府箭杆胡同十三号中日实业公司公馆。留学期间与音韵学家赵荫棠结下友谊。在他来北京前夕，妻子突然急病去世。一九三七年，他与北京三条胡同东亚病院院长的妹妹结婚，举行了中式婚礼。后来，他们生下一子，名"燕儿"，据说奥野曾对人说："这是燕京之恋的结晶。"是年四月，他被选为外务省在华特别研究员。一九三八年四月，与新夫人回日本，在庆应大学预科教书，兼任同校文学部讲师。一九四〇年夏天又去北京度假，一九四四年被北京辅仁大学聘为访问教授，担当日本近代文学的讲义（虽然木山英雄曾说奥野是通过个人关系去的辅仁，并不合法。靠个人关系谋得教职，今日亦不少见，的确不光彩，很理解木山的不满）。一九四五年抗战胜利，在辅仁大学又教了一段时间的书。一九四六年回日本，仍在庆应大学文学部教书，后创立日本中国学会，活跃于学界、文坛、媒体界，写了许多中国文学研究方面的随笔，一九六八年一月十五日于东京去世。[①]

一九四〇年，奥野信太郎出版了《随笔北京》（东京：第一书房）。阿部知二在序里说："要写出好的随笔，不仅需有教养，应该还需要对写作对象怀有感情才行。"的确，这是一册关于北京的深情之书，优雅的笔触不难看出奥野自小所受的汉文教育以及他迷恋的荷风带来的影响。他在跋里说，一九三六年至一九三八年这两年的北京生活，是他一生无法忘怀的岁月：

---

① 参考藤田祐贤《奥野信太郎年谱》，JACAR（日本国立公文书馆亚洲历史资料中心）Ref.B05015647700、B05015562700。

> 最初仿佛是被那巨大的城墙吸进去似的,走在路上,首先自己觉察到的,完全像进入寂静的树洞一般,感觉所有的杂音都突然隔绝在外。人突然与噪音隔开,却很容易像聋了似的。我如痴如聋,被深浓的青空紧紧压在下面,只觉自己渺小而凄凉。但过了一段时日,我如痴如聋的心耳,开始渐渐听到轻微而美丽的声响。那仿佛将我们带回幼年时代东京的夜雾与花影中,充满遥远而悲哀的情绪。在这座城市居住的人们,他们的嗜好同语言,有和从前住在东京的人们相通的奢华与谦逊,完美地调和在一起。

但在他客居京华的第二年,战争爆发。"与史上少有的世局推移相应的,我个人也发生了激烈的变动。身处这暴风雨中,在这些文章里述说杂艺的兴趣,津津乐道街头卖艺的情况,描述城外凄凉的风景,回忆已忘却的昨日之花,完全没有想要触碰那些活泼的方面。"他怀念往昔的风景与人情,因此这册随笔也看不到战争的影响,而是趋近他所追随的荷风的境界,满含"寂寞和悲哀的诗趣"。

此集共收入二十篇杂记,抄录篇目如下:

> 书肆漫步/对话殷汝耕/燕京食谱/周作人与钱稻孙/中国的知识人/那个前夜/北京笼城回想记/笼城前后/两处戏剧道场/文学地图的一隅/女人剪影录/陆素娟小记/以《三国演义》为中心/冰心型与白薇型/中国人的心/燕京品花录/街巷的声音/空地与杂艺/小吃之记/中国幼童谈

书中所配插图是江波洋三郎、中丸平一所摄。《书肆漫步》云:

> 北京是宁静美丽的城市,是槐柳榆树苍郁茂密的城市。夏天合欢花装饰着淡红的墙壁,天上飞过洁白鸽群,仿佛撒下银粉一般辉煌。巨大城墙的怀抱里,宫殿、行道树、雕像整然列于左右,无疑是拥有奇伟构想的图案。黄昏时分,姑娘们胸前装饰着晚香玉或茉莉的美丽花串,开始在王府井或北海散步。那姿容实在美丽。
>
> (中略)
>
> 来北京的道学先生必然要去琉璃厂书街散一回步,觅些古书,在寄去日本的书信里透露蠹鱼的消息。而任谁都像不知道或者秘而不宣似的,从不会说这琉璃厂的隔壁,正与柳暗花明之地的八大胡同相邻。这可真是遗憾。

奥野一面揶揄"道学先生"的访书之兴,一面却也忍不住掉书袋,抄掇《燕都丛考》《顺天府志》里有关琉璃厂的记载。也写除了来薰阁那样有名的书店,一些小书店也有小书店的好处,譬如海王村公园中就有五六家不错,其中群玉斋便很好,价格也合适,门槛不高。店里掌柜张俊杰是河北武邑人,虽然年轻,但非常会做生意。夕阳西下,耳听得外间孩童的嬉戏声,从这家旧书店逛到那家,实在兴味盎然。窗外广场内开着凤仙花,鸡冠花在风里摇曳,是与日本全然不同的书肆风景。文奎堂店主人很好,修绠堂也很好。店员全是冀县出身的青年,孙诚巨是店员中的骨干,书店的氛围非常令人畅快。买卖的巧拙且另说,这里的书店风格永远不令人厌烦。我去逛的一天,店铺向阳处有一位工人正埋头做书帙。北京的书帙十分价廉,大约是东京寒山寺所制的几分之一价。如果在这里做,肯定不错。在北京的两年,奥野曾为庆应义塾大学图书馆购入大量汉籍。

而毕竟与传统访书记只兴冲冲记载得书信息不同,奥野将更多的笔墨留给午后在书香萦绕的深堂内一面啜饮茉莉花茶一面消遣的半日辰光。又写隆福寺街,说庙会的情景令他想到《天咫偶闻》和《藤阴杂记》里的记述。他写庙会,说人流汹涌,各色人等皆聚集于此,有小吃的摊儿,有真真假假的玉器首饰,有被玻璃球吸引过去的小姑娘,有大哭的孩童。卖花的地方摆着石榴、夹竹桃、千日红、海棠花、茉莉花、夜来香。还有各色陶器、厨房用具、布匹,亦有当街卖艺者。他说,这和东安市场、西单商场的热闹场面很相似。他写北京的夜空十分静美,天宇澄净,漫天星斗,看得久一些,能看到夜空更深处的星星。他说,住在北京碧树掩映的胡同里,在街头漫步,闲读书籍,这样散淡的岁月恐怕一生都不会再有。"我从心底爱北京的清潇。"

他写与殷汝耕的会面,也不在本来的计划之中,是与朋友同行。不过文章大部分在写北京市内与郊外的风情。见面后又细细描述殷汝耕日语的特点,以及室内陈设、几上文玩,大约谈了一个小时便离开了,仿佛一直在走神。

《燕京食谱》盛赞中国菜,详述北京各家餐馆的流派、特点、招牌菜,又从老字号到街边的苍蝇馆子,从私家菜到最普通的小点心,笔致多情。他说去西城区受壁胡同(即受璧胡同)拜访过钱稻孙,门内放着旧马车,绕过前庭,穿过狭窄空地的葡萄架下,绕过左手边的墙壁,就到了钱先生书斋前的院内。在光线微暗、芸香四溢的书斋内,钱先生总是用平静明晰的语调波澜不惊地谈话。"仿《红楼》体来翻译《源氏物语》,素为难之又难的事业,距离完成应在遥远的将来,但可以断言,现代中国除了先生之外,没有其他人可以胜任这桩事业。"奥野说钱"不是一个枯槁的学者,总是有一种温淡的情味",与周作人都是"无可替代、拥有极高智慧"的人。钱稻孙常请奥野在西四牌楼的同和居吃饭,入口的小几上放着"钱老爷××日××时"的小牌,一边看着一边进门,非常开心。钱稻孙精通美食,因此跟他一起出去吃,总能吃到自己去时遇不着的惊喜美味。奥野还写寒冷的深夜听见外头叫卖硬面饽饽的声音,看到薄暗的灯光里无家可归的妓女们围桌吃粥;十一二月时街头到处有卖炒栗子的,烟气流溢;小孩子们买回糖葫芦串,都是他无法忘却的场景。文章结尾提到《燕京岁时记》"京师五日榴花正开,鲜明照眼",说夏季北京人家庭园里遮蔽着天篷,底下果是鱼缸、石榴树,还有年轻的穿着蓝布大褂的姑娘,她们手里端着一碗浇了芝麻酱的凉粉,在清凉的院落一隅站着吃,"这样不礼貌的举动,正因为吃的是点心,也是可以被原谅的风景吧"。

《周作人与钱稻孙》一文有许多难得的细节,与此前拜访殷汝耕的心不在焉完全不同,足见什么才是奥野最以为珍贵的人情。此文后亦收入方纪生编《周作人のこと》(光风馆,1944 年),颇值得全文翻译。奥野说,周作人、钱稻孙两位先生如今仍然健康生活在老槐茂盛的古都一隅,过着读书人的生活,这应是北京最值得喜悦的事。奥野对周作人的文章与为人推崇备至,说他有丰富的学养、聪明的性情、上品的趣味,不仅是温厚笃实的读书人,止水般的静寂底下,藏有深渊及蛟龙,藏有激烈的热情。当时周作人住在八道湾,奥野常去拜访,周作人也曾到过奥野的寓所。周作人说,不能忘记近代中国最伟大的灵魂——鲁迅。某日奥野拜访周作人,询问昔日鲁迅的居所是何处。周作人告诉他,鲁迅在八道湾的周宅曾三度更换居所,分别是客厅之里的后房、客厅前面朝院子的东厢房、同院朝北的前房,眼下前房住着的是周丰一。并带他参观这三处。书中载有一纸周作人致奥野的书信,录之如下:

　　拜启:前日池岛君枉顾,得见手书并惠赐珍品,忻感无极。在杂志上发表之尊文,因友人见告,亦得拜读。关于鄙人之部分,似嫌过褒,亦即未免有失实处矣。然则觉老北京之鉴别,得无有所未足耶。一笑,专此上。
　　奥野先生左右　周作人启
　　　　　　　　　　　　　　　　五月廿日

池岛即池岛信平(1909-1973),东京帝大文学部西洋史专业毕业,一九三三年入文艺春秋社,一九三九年至"满洲"、北京调查。那么这封信应系于一九三九年之后。

《中国的知识人》一文曾由吴独中翻译,刊于《读书杂志》(1945)第一卷第三期,其中不乏犀利的议论:

　　辛亥革命、五四运动,以至于国民党执政,这二十年来中国的知识层,连续着发自根底的大动摇。当我们看到他们在彷徨的时候,极易于生出来其所表现的形象似乎是处处失掉了传统的错觉,但如平心静气地观察着那过去与现状时,便知道纵使形象变异,他们仍然是中国人。代替了十三经和八股文的繁劳而挟着西洋书册和写着日本文的他们,那种澎湃地动荡着全体的底力,还是梦一般地惝恍于经世济民之志,而想望着不久做了官将自己的支配力播向无知的民众之间。纵使是做不了官,也会存有着相等于做官或者比这更高的批判精神,作为指导的支配力之挥发。

他在浅草看戏的热情到了北京依然不减,当然着迷的是京戏与昆曲。不仅看戏,还与红极一时的梅派旦角陆素娟有交情。结识之初,陆正当二十六七岁。奥野非常喜欢老生和青衣同台演唱,比如《四郎探母》里杨四郎和铁镜公主的那段西皮快板。他说每每听到,总是连呼吸都忘记。陆素娟说《牡丹亭》的《游园惊梦》什么时候都可以唱,令他心驰神往。陆素娟原籍苏州,初从方宝泉学须生,后改学青衣,问业于程玉菁,后专学梅派。卢沟桥事变后陆素娟离京南下,在汉口感染时疫而亡,年未三十。奥野写《陆素娟小记》时尚不知此,在文末道:"如今陆女士家的庭院中,茉莉花的香气是否已然郁郁?遥祝陆素娟依然健在,在那美丽的北京。"

一九四四年,日本战败前夕,奥野信太郎又在东京的二见书房再版此集,更名《北京杂记》。其时日本败象已显,国内物资奇缺,出版由国家统制,故而此版用纸粗劣,颇不如前。但装帧一换,足见用心。外封是北京皇城前的石狮子,内封染作朱红色,正面印有中国传统团花纹样,背面是一个福字,是他在隆福寺庙会买回的刺绣花样。

此版还重新选用照片，大多为摄影家芳贺日出男所摄。芳贺生于一九二一年，一九四四年毕业于庆应义塾大学文学部，对民俗学颇有研究，访问过许多国家，拍摄有大量民俗学相关的图片资料，如今依然健在。这些图片有露天的五金摊，出售铜香炉、锁钥、烛台等等。有东安市场上午东来顺羊肉馆前人头攒动的大路。有树影下的胡同，看得见人家影壁上有个"福"字。有马连良所赠相片，上书"奥野先生惠存，马连良敬赠"。有富连成科班所演的《武家坡》，台上掩袖唱着的应该是王宝钏。有夏季隆福寺庙会，画面上是穿着通肩裁长旗袍女人的背影，摊儿上摆着瓷器、玻璃器。有丁玲家住的小楼，阳台上有几盆花。有陆素娟在门边的留影，笑意明亮，院内有一丛菊花。有东四牌楼附近拉洋车的人，有西单牌楼附近的西瓜摊儿，赤膊光头的男人拿大刀切西瓜，戴镯子的短发小姑娘一手执蒲扇，一手扶着案台张望。旁边穿长衫的男人们都摇着折扇。有烤鸭店，门下挂着几只光溜溜的鸭子。有幼儿园小朋友吃饭前集体洗手的样子。有路边人闲来拉胡琴，还有皮影戏的舞台。无不深富趣味，摄影水平及印刷水准也都高于《随笔北京》，但也少了前著中的一些资料图。

此外，篇目也与前者略有调整，新作序而未收阿部知二的旧序，旧跋亦未收。正文少了《对话殷汝耕》，多了最后一篇《那以后的事》。姑录如下，以资查考：

书肆漫步 / 燕京食谱 / 周作人与钱稻孙 / 中国的知识人 / 那个前夜 / 北京笼城回想记 / 笼城前后 / 两处戏剧道场 / 文学地图的一隅 / 女人剪影录 / 陆素娟小记 / 冰心型与白薇型 / 中国人的

《北京杂记》内封背面的福字纹样,
是奥野在隆福寺庙会买回的刺绣花样

心／以《三国演义》为中心／燕京品花录／街巷之杂（按，目录误作"杂"，正文仍为"声"）音／空地与杂艺／小吃之记／中国幼童谈／那以后的事

作于一九四四年二月的新序里说，奥野在一九四三年近秋的一日午后，伫立于北京西郊圆明园的废墟。凉风入怀，可见羊群在荒草中觅食。如此温煦蕴藉的田园风景，若干年前却是壮丽无比的宫殿，今已无迹可循，映入游子眼帘的，只有废墟间散乱于草丛的大理石圆柱的残片。昔日此地曾有贵人笑语，有衣香鬓影，有夏夜花火，有喷水飞沫，有池中银鳞，却都如流云散尽。连溪流瀑泉的遗迹亦无从寻觅。距离第二次鸦片战争未满百年，圆明园已成这完全的废墟。若杜牧在世，必要作《圆明园赋》。谈及战争，也有应时之语，但还是要出版这部私人北京志，不能不说是一种矛盾。

最后一篇《那以后的事》可以视为跋文，写到若干年后重回北京，惊觉北京变化如此之多，头一件就是陆素娟的死。他说："当初陆素娟与杨小楼在新新剧院演出《霸王别姬》，大概是陆素娟最幸福的日子吧。"那是卢沟桥事变后不久，北京梨园界为救济河北难民在新新戏院义演。杨小楼抱病登台，与陆素娟合演。杨经此一累，病情加重，在家静养，未再出台演戏。奥野又道："陆氏南池子葡萄园的故宅如今倩影已不在，那年秋日闲庭盛开的菊花亦无迹可寻。在世人记忆中，陆素娟之名大约也已渐渐淡去。"

奥野信太郎一生著述颇丰，单行本中关于中国的有《北京留学》《中国艳词》《中国文学十二话》等等。庆应义塾大学出版会一九九八年出过《奥野信太郎中国随笔集》，一共三章，分别是"中

国文学的魅力""中国文化之心""难以忘却的人们",都是隽永优雅的珠玉文章。此外有《奥野信太郎随想全集》(全六卷,别卷一,福武书店,1984年)行世。他还参与翻译过《红楼梦》《水浒传》,翻译过老舍的作品,和佐藤春夫等人共同翻译了《新十八史略物语》。而国内目前似乎尚未见到奥野作品译本的面世,也许是随笔家不如小说家、学者受重视的缘故,我们更关注其作品的史料价值,而不重视其文学价值。不知这算不算一种"学问上升、文学下降"的风气?

2011年5月18日初稿
2019年3月8日二稿

后记

　　这组文章从二〇一〇年的秋天写到二〇一一年的暮春，开始只是一些简单的读书笔记，没有想到后来篇幅会越来越长，拉拉杂杂，居然也能有这么多字了。关于人物的选取，我并没有明确的方向，有时候只是在图书馆翻书，突然想到一个人，就想去找与之相关的一些资料，就像从一个很小的入口进去，能看到一个很大的世界。发现的过程很令人喜悦，虽然我始终只是一个外围的旁观者。

　　譬如小林一茶是我一直很喜欢的俳人，也都有赖周作人的翻译与介绍。那一句"露水的世"是我最喜欢的俳句。去年秋天京都知恩寺古本祭上，我买了《一茶全集》，闲着的时候会翻一翻，但不敢译。因为诗歌都是很难译的，何况这样简短的俳句。文中所有自己翻译的俳句都是夯着胆子尝试的，很惭愧。

　　又譬如《路女日记》这一篇，我本来只是想写泷泽马琴，借了他的全集回来看，却发现他小说的一部分和一些日记都是媳妇阿路代笔，也看到了他日记中零星出现的"阿路"这个名字，就有了兴趣。江户时代留名的女性实在不多，除却和宫、天璋院笃姬这些被日人反复搬演的人物，我对她们的印象，就只有时代剧里那些梳圆髻、永远垂着颈子的温柔模样了。她们的性格这样相似,这样重复,几乎完全淹没在过去的光阴中。我努力摈弃自己过度的想象和冗余的抒情,却发现路女留下的痕迹是这样轻浅,她的故事又这样寻常——几乎算不上"故事"吧。

知道《小梅日记》是因为去年暑假读苏珊·B·韩利的《近世日本的日常生活》时,发现饮食一章里有一条注释,说所参考的资料是一位儒生妻子的日记,她的名字是川合小梅。我觉得很有趣,就找来了平凡社一九七六年初版的三卷《小梅日记》。读得有点困难,因为日文古典文法掌握得很不够,查字典兼询问日本同学,有几次想放弃这个题目不写,但又觉得好像颇对不起小梅女士,于是读了很长时间,转眼就到了岁末。去滋贺朋友家小住时,也把这三本日记带了过去。朋友是一位与我同龄的日本姑娘,大学里的专业是汉语,在中国留学过一年,到过长沙、阳朔、洛阳等地,履及范围远胜于我。我常常向她请教日文文法、日本旧俗相关的知识。有些她也不太清楚,二人就相顾大笑,继续查资料。二〇一〇年的最后一夜,京都、滋贺都下了一场大雪。我和她围在被炉边取暖,还是在看《小梅日记》,读到她写新年的段落,吃鲷鱼,吃海苔年糕,吃红豆汤,饮酒,拜访亲朋。夜半时我们裹了很厚的衣服,提灯出去听新年寺庙的钟声。雪已经停了,满山满道都是积雪,人迹罕至。日本的除夕是很寂静的,也看不到烟花。我们走了很远的路,她给我指点这是什么山,那是什么河,都在积雪覆盖之下,完全看不清,但是很快乐。过完新年,我返回京都,又过了几天,告诉她《小梅日记》已经写完了,将中文稿发给她看。她对我很宽容,无论我写出什么,她都是说喜欢看的。

关于泉镜花、竹久梦二、樋口一叶三篇,写得都很慢。因为到了学期末，功课比平日紧张。拖延了很久，借的资料没有及时返还，被图书馆催了几次。想去银阁寺前的港屋买几张梦二明信片，也一直没有空暇，虽然离家这样近。不久到了二月末，我回了一趟北京。书写暂时中断，开始拼命享用一日一日漫漶的春意。三月十一日下午，正在城中准备返校要带的食物与杂货，沉浸在将行的怅惘中，却突然接到朋友们的短信与电话，告知日本东北地区发生了强烈地震，并引发海啸，情况很不乐观。傍晚回到住处，上网看新闻，才知确切情况。夜里接到滋贺那位女孩子的电话，要我暂时不必返校，且待情况稳定。她的声音很平静，倒是一直在安抚我。于是返校的日期又推迟了半个月。在这半月中，每天都会接收到各种版本的新闻，我并不能安心阅读，也无法写作。北京的春意一日比一日深浓，杨树落了满地的穗子，白玉兰的花苞本来是小小的一枚，包裹着银灰色毛茸茸的外壳，一天一天像饱蘸清水的大白云鼓胀起来，最后突然绽放，开得这样惊动，在天底下，在夜色里，一树一树的洁白，欲生欲死。心里很不平静，却不能说出来。三月下旬的一日，在东四一间店里和人饮酒，绍兴黄酒，泡几粒话梅。油焖笋，东坡肉，文蛤炖蛋。其后穿过钱粮胡同，去三联书店。都微微有些醉，翻了很多书，相扶着出去，坐公交车到地安门外，又到后海，看到波光万顷的湖面，柳丝如金线，在夕光中款摆。几天后过生日，在燕南园和她一起看猫。山桃花已经开了，玉兰树在暮色里。黄昏时买了一堆书，其中就有汤川秀树的那册《旅人》。

接下来，从北京返回京都，从三月末到四月，都在看这本书，有一些混沌的念头渐渐明晰起来。于是写了汤川秀树，大概是里面抒情最多的一篇，而春天的尾声也近了。竟没有得空去看樱花，某日黄昏从学校回家，看到北白川畔的樱花被风卷去，随水流逝。今天下午到比叡山里散步，雨非常大，山中几乎没有人迹，走得很艰苦。石阶高陡，道路泥泞，青苔也厚。从山顶望下去，云雾缭绕，清流白石。山里春天来得迟，樱树刚结出花苞，人间四月芳菲尽，果真如此。

春茶已上市，离开北京前的下午，在一家茶店里饮了许多，很有微醺之感。之前在小说里写过一个姑娘，常在玄关畔煮茶。我也想用染井的水煮茶，等候那一位远人，或许会等很久很久。但生命很长，四季交替，岁时更迭，终也有能够相对饮茶的时候。

有很长的道路在跟前，也有很多感激的人。而言辞总是不够，便请允我将此番心意沉默相持。很喜欢周作人写过的一段，引之如下云：

> 文章的理想境界，我想应该是禅，是个不立文字，以心传心的境界，犹如世尊拈花，迦叶微笑，或者一声"且道"，如棒敲头，夯的一下顿然明了，才是正理，此外都不是路。我们思想自己最神秘的经验，如恋爱和死生之至欢之悲，自己以外只有天知道，何曾能够于金石竹帛上留下一丝痕迹，即使呻吟作苦，勉强写下一联半节，也只是普通的哀辞和定性诗之流，哪里道得出一份甘苦。

2011 年 4 月 29 日凌晨

新版后记

二〇一一年春写完《尘世的梦浮桥》后，遗憾书中颇有错漏，一直想修订。然而后来换专业，自己的兴趣也发生了重大转移，渐渐不再有考察日本文学与艺术的闲暇。几次搬家，也将昔日存下的这类书籍或卖或寄回北京的家中。近年来，发现市上似有此书的盗版，颇觉得对不起读者。二〇一八年初夏，友人杜娟给了我重版此书的机会。二〇一九年春间，终于开始抽空校订，仿佛不认识是谁写的，所谓告别过去，正是如此。

原书《汤川秀树的京都》一文已重新编入二〇一八年出版的《松子落》中，故此编将之抽去，又补入《玄期有限，今将去矣》《一个很香的东西》《祇王寺往事》《蓼花替谁争晚香》四篇，均曾刊于报刊或微信公众号专栏。并略微调整顺序，大致分为"江户人物""维新以来""古今女性""眷眷旧京"四部分。尽可能校对了译文，也对一些素来感兴趣的话题作了增补。由于内容更动，新版抽去李长声先生为旧版所作序言，非常感谢他当年赐序的盛情。此外，图片也都重加整理。无奈假期太短，学业杂务缠身，只能匆匆结束这项工作。

最早接触日本文学，应是从《源氏物语》《枕草子》开始，所受影响可谓不浅。后来又通过周作人理解、观察日本，获益良多。也因这些机缘，来到京都，并在此度过整整十年。十年间经历了种种别离变迁，见了无常的世事，对日常所生活的国度当然也有迥异于当初的感受与认识。从前作这些笔记时，更多直观体悟，过后回顾，颇有不能认同处。有些与今日价值观抵牾太多的，便作了删改。譬如过去写到艺术家们的情事，竟对他们的伴侣所遭遇的一切没有同情，漫然说着"她们应该原谅他了罢"这样的话。又如写到一叶，却假设她若得长寿，可以生儿育女、经历更多悲欢。这固是美好愿望，但今日看来，觉得这居高临下的假设很不尊重。我已活过了她的年纪，尝到了更多苦痛，特别是作为女性的苦痛。正因为此，对她也更为爱敬，不欲有任何唐突。

这是文学、文艺备受嘲讽与轻视的时代，我也曾因此时潮刻意与之保持距离。但失去审美与歌咏的时代又是多么可悲，有些看起来精致严肃的研究，实则充满傲慢，无视人类的痛苦，对不公与丑恶袖手旁观。识破此点，便知道什么是速朽且可耻的。

在修订此版的过程中，一如去年修订《岁时记》之际，杜娟依然给我无限鼓舞与耐心，我要借卷尾的纸幅深深感谢她。也要感谢父母与从周给我的支持与信赖。写作此书之初，从周便是忠实的读者，予我诸多宝贵的意见，感谢他长久的陪伴。当然还要感谢友人嘉庐君，没有他的鼓励敦促，便不会有旧版的诞生。最后，感谢我亲爱的读者们，谢谢你们的宽容与等待。

枕书

2019 年 3 月 17 日于北白川畔，山雨清澈

参考文献

上野洋三《芭蕉の表現》，岩波書店，2005 年

田中善信《芭蕉「かるみ」の境地へ》，中央公論社，2010 年

《一茶旅日記》，古今書院，1924 年

小林計一郎《小林一茶》，吉川弘文館，1961 年

《一茶集》，集英社，1970 年

瓜生卓造《小林一茶》，角川書店，1979 年

萩原朔太郎《郷愁の詩人　与謝蕪村》，岩波書店，1988 年

森本哲郎《詩人与謝蕪村の世界》，講談社，1996 年

《蕪村全集》第九卷《年譜・資料》，講談社，2009 年

上村松園《青眉抄》，六合書院，1943 年

竹内逸《栖鳳艺談》，全国書房，1947 年

《竹内栖鳳　上村松園》現代日本美術全集 13，集英社，1973 年

田中日佐夫《竹内栖鳳》，岩波書店，1988 年

平野重光《栖鳳藝談》，京都新聞社，1994 年

広田孝《竹内栖鳳　近代日本画の源流》，思文閣，2000 年

別冊太陽《美と幻影の魔術師——泉鏡花》，平凡社，2010 年

村松定孝《泉鏡花研究》，冬樹社，1974年

木村三四吾編校《路女日記　嘉永二－五》（私家版），2001年

円地文子監修《江戸期女性の生きかた》，創美社，1977年

志賀裕春、村田静子校訂《小梅日記》（全三巻），平凡社，1984年

陶智子《江戸女性―躾・食事・結婚・占い》，新典社，1998年

女性史総合研究会編《日本女性史・近世》，東京大学出版会，1982年

《日本家族史論集》全13巻，吉川弘文館，2002年

塩田良平《樋口一葉研究》，中央公论社，1956年

松坂俊夫《樋口一葉研究》，教育出版センター，1970年

川口昌男《樋口一葉の手紙》，大修館書店，1988年

图书在版编目（CIP）数据

　尘世的梦浮桥 / 苏枕书著. —— 海口：南海出版公司，2019.10
　ISBN 978-7-5442-8068-6

　Ⅰ. ①尘… Ⅱ. ①苏… Ⅲ. ①随笔－作品集－中国－当代 Ⅳ. ①I267.1

中国版本图书馆CIP数据核字(2019)第164728号

尘世的梦浮桥
苏枕书 著

出　　版	南海出版公司　(0898)66568511
	海口市海秀中路51号星华大厦五楼　邮编 570206
发　　行	新经典发行有限公司
	电话(010)68423599　邮箱 editor@readinglife.com
经　　销	新华书店
责任编辑	翟明明
特邀编辑	贺　静　杜　娟
装帧设计	王　斑
内文制作	田晓波
印　　刷	北京盛通印刷股份有限公司
开　　本	850毫米×1168毫米　1/32
印　　张	9
字　　数	167千
版　　次	2019年10月第1版
印　　次	2019年10月第1次印刷
书　　号	ISBN 978-7-5442-8068-6
定　　价	58.00元

版权所有，侵权必究
如有印装质量问题，请发邮件至 zhiliang@readinglife.com